U0462372

我的西安

陈彦
著

陕西新华出版
陕西人民教育出版社
·西安·

图书在版编目(CIP)数据

我的西安 / 陈彦著. -- 西安 : 陕西人民教育出版社, 2025. 7. -- (大作家的小作文 / 王久辛主编).
ISBN 978-7-5757-0773-2

Ⅰ. I267

中国国家版本馆CIP数据核字第20254033WV号

大作家的小作文
我的西安
WO DE XI'AN
陈彦 著

总 策 划 周维军
出 品 人 李晓明 叶 峰
策 划 叶 峰
项目协调 张志方
项目统筹 郑丹阳 田子晖
责任编辑 叶 峰 余 瑶
封面设计 王左左
出版发行 陕西人民教育出版社
地 址 西安市丈八五路58号
经 销 各地新华书店
印 刷 西安五星印刷有限公司

开 本 787毫米× 1092毫米 1/16
印 张 15
字 数 210千
版 次 2025年7月第1版
印 次 2025年7月第1次印刷
书 号 ISBN 978-7-5757-0773-2
定 价 46.00元

大作家的小作文

莫言题

前言

王久辛

固然，古今中外的大文豪、大作家之所以能够流芳百世，是因为他们都有鸿篇巨制的经典，不然就不可能赢得世人的赞同与首肯。大文豪、大作家都有大作品，这毫无疑问。然而，大作家的大作品是怎么来的呢？没有一位大作家不是日复一日、年复一年持之以恒地写出卷帙浩繁的扛鼎之作；也没有一位大作家不是一个字一个字地垒起伟岸高峰的。换句话说，他们也是人，是常人、凡人，只不过是靠了自己的一颗耐烦、耐久、坚韧不拔的心，字无巨细，一视同仁，以不间断的思考和不间断的写作，成就了超凡创造。这样说来，所有超拔的大作家，都有一个踏踏实实、一步一个脚印、积少成多的写作历程与创作品格。

不过，我这里马上要说到的“大作家的小作文”，指的当然不是大作家的大作品，而是大作家写的小品文、小散文、小杂文、小随笔、小特写、小体会一类的“小作文”。说到“小”，我就会想到“大”，我觉得“大”就是“小”，“小”有时候又是“大”。一位作家作品的质地如何，其实很多时候并不需要从头看到尾，读上几章就足够了。为什么？因为那几章文字的成色、叙述的含量、结构的布设，就暴露了一位作家的全部。就像拿着放大镜看小腻虫，须尾全活着的，当然是好文字；若是一塌糊涂，没有动静，不见条纹，那还有什么读头呢？大作家是不一样的，他们遇到报刊的约稿，沉心一思，计上心来，信笔涂写，千八百字、两三千字，完全是信手拈来。谁敢说这样写出来的文字，不是大作家日有所想、夜有所梦的精神闪耀呢？表面上看去，好像与其写的大部头没有关系，然而那情思的寄寓与思想的寄托，谁敢肯定不是其大作品中人物之一斑呢？“小”不“小”，那要看寄寓寄托的是什么。大作家的小作文，没准儿里面有大思想、大情怀、大志向、大魂灵呢？

大作家在写大部头的间隙，在应付、应酬日常生活与俗事、俗物、俗人之际，难免会有一些杂思杂感，难免会信手写些七零八碎的小文字，随手记一点儿小杂感、小念头，铢积寸累，堆土成山，少的攒上十几万字，多的积上几十万、上百万字，也是大有可能的吧？少年时代，我读钱松喦（1899—1985）先生的《砚边点滴》，就觉得非常简约精妙，字少意多，没有废话，全是干货。他谈国画创作，没有要作文章的架势，都是切身体会，信笔记之。为便于阅读，他分成条块，归类排列，心上点滴，录以自娱，取名《砚边点滴》，我猜也是无以名状的结果，然这“无以名状”的文字，后来竟成了画家们的经典。

作家都是有心人，我私下忖度：百分之七八十的作家、诗人、艺术家，都有可能记下一些这样的“小作文”。大先生孙犁有过一册《尺泽集》，里面全是几百字的小文章。散文家秦牧出过一本《艺海拾贝》，也都是千八百字的小文章。街头巷尾的闲杂事儿、日常生活的针头线脑儿，全让他用一颗艺心串了起来，像在海边捡拾贝壳那样，盛到了他的著述中。孙犁、秦牧都是散文大家，他们不嫌小、不怕短的用心之处，给我留下了难忘的印象。

后来孙犁先生出了文集，我立刻买来研读，发现有三分之一以上都是小文章，长的也不过几千字，然篇篇见精神，都是至情至性至真的好文章。孙先生独孤求短，字字珠玑，一生言之有物，不说废话，他的那些小短文汇成的文集，在我看来，每一本都不比他的长篇小说弱，一如他的短篇小说集《白洋淀纪事》，内里最短的小说仅三五百字，但其美学价值，堪比先生的长篇小说《风云初记》。可以说，在孙犁先生的文学观里，从来就没有长长短短的分别。我的好友伍立杨曾写文章说，他“决计一生要住在一流的文字里”，那是一个多么高洁雅致的理想啊！令我心向往之。

于读者和作者来说，短文章的好处太明显了。短，读得快，作家们写得也快，一句话——节省时间，节约精力。但我还有一个想法，恐怕不说，还真不一定人人都明白。作为读者，如果你喜欢阅读文学作品，而你又没有大块时间，怎么办呢？我的经验就是去读作家的“小作文”。因为是“小作文”，作家的思想境界、情感疏密、语言韵致，写出来的多半是精华；况且篇幅小，可以回过头来反复看看，琢磨琢磨，理解起来就容易多了。无论是大中小学生，还是乡镇企业的工作人员，乃至国家机关国企单位的公职人员，有时间嘛，就买上几本这样的小作文，坐下来多看几篇；没时间呢，十来分钟的零碎空闲，也能偷空儿看上一两篇。咱先别说要立志终身学习，能把散失在犄角旮旯儿的这些五彩贝壳捡起来，不也一样是珍惜了光阴，爱惜了生命？而且还长了见识，健康了精神，这不又是一个美哉？

正是基于如上的认识，2024年12月的一次聚会，在好友张志方的引介下，我与陕西新华出版传媒集团总编辑周维军先生、陕西人民教育出版社总编辑叶峰先生一拍即合，策划了《大作家的小作文》丛书。所请作家，或是世界文学奖，如“国际安徒生奖”，或是中国文学奖，如“茅盾文学奖”“鲁迅文学奖”的获奖者。现在，丛书的第一辑，由“诺贝尔文学奖”获得者莫言先生题写了丛书书名，收入了曹文轩《另一种造屋》、陈彦《我的西安》、周大新《曹操的头颅》、徐则臣《风吹一生》、徐刚《当时人物在》、阿成《海岛上的夜雨》、何向阳《读行记》、李骏虎《在晋南的旷野上》、谢有顺《想象力比我们想象的更重要》、吴克敬《像孩子一样努力》、王久辛《从小看大》共11部作品。这11部著名作家的“小作文”，经过陕西人民教育出版社编辑们紧锣密鼓、高度认真的编校，即将出版面世啦。作为这套丛书的主编，我的内心充满了蓬勃的期待！我期待着这套丛书能尽快来到读者的眼前，来到读者的心里，让读者检验一下这11位作家的“小作文”，是不是11个文学世界、11片文学海洋，是不是可以构成我们这个时代的另一片星辰大海？

最后，请允许我代表著名作家曹文轩、陈彦、周大新、徐则臣、徐刚、阿成、何向阳、李骏虎、谢有顺、吴克敬等，向陕西人民教育出版社，向参与《大作家的小作文》的全体编校人员，致以崇高的敬意与深深的感谢，你们辛苦啦！谢谢！谢谢！！

2025年3月22日于北京

陈彦

我的西安

扫码获取专属数字人

目录

02 世态百相

03 开卷有益

04 文学创作

05 行旅人生

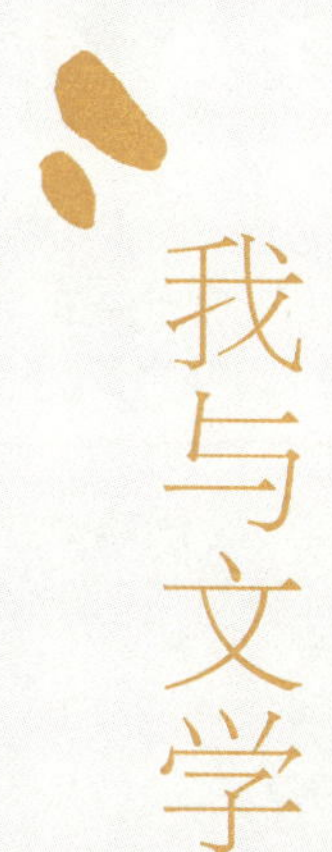

我与文学

其实每一个人，

都是以自己所从事的那一份职业在光大着自己的生命。

每一种职业都可以说是体证世界、

丰富自己的途径。

其实每一个人，都是以自己所从事的那一份职业在光大着自己的生命。每一种职业都可以说是体证世界、丰富自己的途径。当然，我可能就是通过创作光大自己的生命。我想先谈一谈自己是怎么进入创作的。我与著名作家贾平凹先生来自同一个地方，这个地方就是商洛。商洛是一个过去比较闭塞、比较贫穷的地方，一度被称为“终南奥区”——终南山里边的一个神秘而不为人所知的地方。我出生在商洛的镇安县。镇安在清代的时候，只有七百多户、一千多口人，现在的一个镇子都比当时的镇安人口多。当时湖南一个官员调到镇安来做县令，一看这么小就很失落。后来他在那里做了很多建设，他教当地的农民种桑、养蚕等。他做了八年县令，离开时，也才两千多户、七千多口人。

我就出生在这个地方，父亲是一名普通的公务员，母亲是小学教师。我父亲因工作调动在五个乡镇公社待过，一个公社工作几年。因为父亲工作调动要经常搬迁，我就随着父亲从这个公社迁到那个公社，一共迁了五次，搬迁时都是当地农民肩扛背负。家里打出来几个包，有的用扁担挑着，有的用背篓背着，一家人就搬走了，很简单。我印象中，家里那时候有两口木箱，箱子里装着被子衣服这些东西，几乎没有书籍。我小的时候，公社最多有一份报纸，省报《陕西日报》有时候可以看一看。母亲也没有什么书籍。搬迁的时候，乡亲有时候把我架到他们脊背上，驮着背着。我对农村、农民的记忆就是他们背着我一步步地上山下坡。后来交通好一点了，就坐手扶拖拉机。我记得弗洛伊德讲，人在五岁左右性格就基本定型了，所以那个时候我对农村和农民的记忆是非常深刻的。后来，包括今天我在写农村写农民的时候，无形中都带着那个时候的烙印。

在十七八岁的时候，我开始有了文学梦。我生活的那个县城，文学的气氛非常浓厚。那时候是二十世纪八十年代初，改革开放刚开始。那个时候的年轻人跟今天的年轻人不一样，我感觉这一代年轻人活得非常不容易，但如果扛过去，他们将比我们那一代人要了不起得多。因为他们经历的心灵磨砺跟我们是不一样的。我们那个时候比较单纯，没有什么经济压力。那时候谁家做生意挣了几个钱还被我们瞧不起，觉得这家人好像充满了铜臭味儿。那时候的年轻人就是热爱读书，写作在那个时候特别受追捧。我们那个小县城好像年轻人都在写作。贾平凹先生比我大十一岁，先生那时候已经是很有名的作家了。一说贾平凹来了，文学青年就激动得不得了。当时还有一些省上、市上的作家也经常来。那时候《延河》杂志甚至到我们这个小县城办文学专号，激励着大家，尤其是年轻人写小说，写散文。我记得那时候县工会有一个大会场，经常开展文学讲座。《延河》的编辑、商洛地区的一些创作干部经常来讲课，我就是那个时候进入文学创作领域的。

十七八岁的时候，我就在《陕西日报》文艺副刊发过一篇散文。自己很激动，走在县城的街道上觉得这一个县城都知道自己了。那时候《陕西日报》每个机关单位都有，谁在上面发了一篇文章，走在县城都觉得是非常光彩的。那时我发了第一篇短篇小说，叫《爆破》。《爆破》是在《陕西工人文艺》发的，后来才知道这还是个内刊，但还是很激动。我们今天的年轻人创作，可能是因为想对社会、对人生、对世界发出自己的声音。但那时候，年轻人创作就是为了发表。似乎只要发表，我就是一个成功者，无论在什么刊物。那时候刊物、报纸也特别多，省上几乎每一个厅局都会有行业报纸。我就有选择性地投稿，比如我写邮递员就投邮电报，写售票员就投交通报，只要能发表就很高兴。我觉得在创作初始阶段，发表欲是一个作家最重要的创作动力。

那时，我本来应该是顺着文学道路走下去的。但有一次省上搞了一个学校剧本奖，就是写中小学生生活的舞台戏的评奖，是省教育厅、省文化和旅游厅以及省文联等六家单位办的，当时要求各地都要报作品。文化局的一个同志就让我写一个话剧去参评。我开始觉得未必能写得了，但最后还是写了一个叫《她在他们中间》的九幕话剧，是讲一个女教师和一群中学生的故事。这里边浅浅地涉及一些朦朦胧胧的爱情问题，还有一些年轻人成长的问题。它不是一个有多么重大思考的作品，我们那时候都活得比较简单，写完以后，我也没当一回事。结果四五个月以后，文化局通知我，说这个戏在省上剧本评选中获奖了。一等奖空缺，二等奖两个（我排第二位），三等奖三个，优秀奖若干。这个奖对我的激励是非常大的。当时陕西省人民艺术剧院的一个导演是评委之一，觉得这个话剧充满了生活气息，充满了孩子们的视角，展现出小县城独特的生活风貌。他想把它搬上舞台，但改来改去，最后也没有达到人家要求的水平。虽然最后没有排练，但是由此我走上了戏剧创作的道路。

紧接着，我在二十岁到二十二岁这三年中创作了四部舞台剧，被商洛的几个剧团排练上演。到二十二岁的时候，我在省上的戏剧创作领域算是小有名气了。尤其是一部叫《沉重的生活进行曲》的剧，写了一个年轻人的三次婚变，在观念、思潮上都比较超前。这个剧，今天看来我觉得思考是幼稚的，但在当时引起了巨大反响。有的老同志看了戏以后，说是资产阶级自由化已经出现在深山大沟里了，这个问题是非常严重的。于是，省文化和旅游厅的厅长、广电局的局长、《陕西日报》的总编辑，带了一批专家到镇安对这部戏进行审定，看这个戏到底有什么问题。审完以后，几个领导和专家都说没多大问题。但是影响已经产生了，这部戏也没办法到省上表演。最后专家说，这个青年作家非常有前途，把他调到省上来。中间我也不知道都经过了什么，很快这个事就报到主管省长那里了。很快省上开了一个创作会议，特别通知我要到会，本来只给商洛地区分了两个创作名额，我是没有资格去的，最后专门通知我去。会后有一个宴请，省文化和旅游厅的厅长是从西北大学调过来的，是个有人文情怀的领导，他把我叫到主桌并介绍给当时的副省长，说把这个孩子调到省上哪个单位合适。他们说，调到陕西省戏曲研究院最合适。这个院是从延安的民众剧团发展起来的，六七百号人，是当时中国最大的剧院。我后来在这个院做了很多年专业编剧，后来做团长、做副院长、做院长，待了很多年。

当时省戏曲研究院的院长让我把这些年写的作品都寄给他，之后很长时间没有动静。县里都知道我要调走，但两年都没见动静，我就着急了，就给这个院长打了个电话。院长说："你还没收到通知啊？不是早都叫你报到了吗？你回去赶快找你们人事局，这个文件应该在三个月前已经发到你们人事局了。"我就找到人事局，人事局说这个文件到了，但要给主要领导汇报，毕竟你是一个青年人才。他给县长和书记都汇报了。当时的县长也是一个爱写作的人，他说："走是可以走，但你要把聂焘（就是刚才说的清代的那个县令）的事迹写成一部戏，写完以后就能走。"然后他又说我俩一起写。我就跟县长一起，三个月把这个新戏写好，之后我就调到西安了。那时我二十五岁。

写给孩子

我常想，我们再忙，能忙过孩子？

我们再累，能累过孩子？我们再苦，**能苦过孩子吗？**

我们把太多的失去硬交给孩子去拣拾，我们把太多的希望强压给孩子去实现，

从动机上我们像仁爱的父母，

从实际效果上却更像那个半夜装鸡叫的周扒皮。

女儿中考

中考前一个月，我就给女儿表忠心，说那两天就是再忙，也要抽时间陪她一起受煎熬。我终于没有食言，那两天我自始至终与她战斗在一起。我和她妈妈将她送进考场后，她妈妈就忙着回去买菜、做饭了，我是捧了一本闲书，坐在一个阴凉的地方等她考完出来。那天室外气温在四十多度，开考后许多家长都没有散去，有的男人腆个大肚子，头上还顶着一块花手帕，在校门口绕来晃去，样子看上去很是滑稽，但却让人笑不出声来。其实这种守候必要性并不大，但家长们仍然要守着，一来是一种心理支持，二来也是怕孩子晕场或出其他意外，一旦出来也好有个接应。总之，考场外着急的“太监”并不比考场内人少，心脏的起搏速度也并不比里边人慢。看着分针、时针一点点转动，成长中的孩子也便在我眼前蒙太奇式地叠映着画面。

我一直在暗自庆幸，我们上学的时代竟然是那样没有压力，早上七点一路活蹦乱跳扑进校门，下午四点就箭一般射出去了，然后是上树掏麻雀蛋，下河捞蝌蚪、鱼，晚上一般是在院子里“逮羊”“斗鸡”[①]“捉特务”，九点多就被父母揪着耳朵拎回家睡了，哪里还有什么家庭作业，一身的疲乏基本都是拿命玩出来的。而女儿，我计算了一下，从上幼儿园就有了家庭写字功课，即使园里不布置作业，家长也是要在乐器、舞蹈、书画上找颇烦的。妻子觉得学钢琴雅，我便急忙迎合着弄回一架金斯波格，朋友说练舞蹈对女孩儿身材有益，妻子又连忙把她送进舞蹈班。反正这些事都只是和卖钢琴的、教钢琴的、带舞蹈的，以及各路家长商量，孩子从来都没有讲意愿说感受的民主渠道。总之，只要小家伙儿有一点儿喘息机会就让人坐立不安，不弄个事把空填满就挠搅得人心慌。大概是从小学四五年级开始，孩子一天的学习时间就有十三四个小时，早上六点起床，中午十二点放学，吃完饭一点多又得往学校走，下午六点往回赶，晚上从七点做作业到十一点多，完整睡眠时间不足七个小时，只有那个讨厌的“黑猫警长”闹钟才是她能够发泄的对象。让人感到庆幸的是，好几年过去了，“警长”的鼻子还没被揍扁，足见孩子的度量、涵养与韧性非同一般。“半夜鸡叫”之于苦命的孩子高玉宝，那是何等不共戴天的深仇大恨哪！到了初中，就更是“三更灯火五更鸡”了。临近毕业的一年，每晚睡眠已不足六个小时，而此时女儿年仅十五岁，每早由“警长”和我把她从床上整起来，背着四五公斤重的书包，脖子勒得跟长颈鹿一样，步行、坐三轮、挤公交车，且不说心理承受的各种压力，单就佝腰驼

①参与者单脚站立，另一条腿盘起，用手抓住脚踝，用膝盖撞击对方，使对方双脚落地或出圈则获胜。

背的体力支撑也是需要相当大的耐力的。我常想，我们再忙，能忙过孩子？我们再累，能累过孩子？我们再苦，能苦过孩子吗？我们把太多的失去硬交给孩子去拣拾，我们把太多的希望强压给孩子去实现，从动机上我们像仁爱的父母，从实际效果上却更像那个半夜装鸡叫的周扒皮。

第一场考试终于结束了，我在人群中寻找着那张熟悉的脸，我最怕看到的是孩子痛苦的表情。一旦出现这种表情，那就意味着她妈妈精心准备的午饭一定不怎么可口。还好，孩子是笑着出来的，她见我第一句话是："比想象的简单。"我如释重负地拍了拍她的脑袋："吹牛吧?""真的，出题的老师比咱家'警长'可爱!"从她的一言一行中，我似乎感觉到了牛刀初试的不赖。在以后的几场考试中，孩子仍然是把表情写在脸上走出来的，虽然没有第一场的阳光灿烂，但也照射得人心里乐融融的，我想是基本达到了预期的目标。根据她的估分，虽然那几所特别红火的学校是进不去的，但进一个省级重点还是有可能的。由此我们便进入了广泛的摸底排查阶段。经过几天的努力，我得出的最大结论是：自己是一锅毫无主见的黏糊子。眼看报志愿的最后时限已到，我手上还捏着一把理不出头绪的牌。开诸葛亮会的朋友们，公说公有理，婆说婆有理，饭吃完了，脚洗毕了，大主意还是拿不出，都只强调要让孩子上最好的学校。无奈中，我把可供决策的各种条件拿到了家庭会议上。

会议是在晚上十一点召开的，参加人是我、妻子以及当事人女儿，这也是她第一次荣幸参加有关决定她的前途命运的家庭会议。三个人都斜倚在沙发上，先是听我通报近几日的调研情况，然后进入民主程序。会议开到深夜一点多毫无结果，这时我才发现，其实她们也在到处摸底排查的眼花缭乱中成了十足的糊涂蛋。哪个学校都有利有弊，进哪所学校也都有易有难，不是路远嫌公交车不方便，就是怕寄宿不安全，还有恐分数不够要交钱的。总之，定不下一个十全十美的选择。不过，在女儿的发言中，我还是听出了她倾向性非常明显的一所学校，顾虑是害怕我们花太多的钱，但她妈更多的还是考虑到郊区寄宿的各种困难。家有千口，主事一人，妻子再次把我推到了“家庭主要领导”的地位上。我想着女儿整个花季时代的辛勤酿蜜之姿，夜以继日的童工稼穑之态，不忍心不满足她的要求，几乎是不假思索地决定：“就按女儿说的办，散会！”

这天晚上女儿挤在我们房间打了个地铺，这是她每每在感到孤独无助时采取的一种缓解方式。我感到大家都没有睡好，妻子和女儿在想什么我不知道，我一夜都在愧疚地想着孩子长这么大自己所负的责任，在想妻子的辛勤抓养，也在想孩子进这个学校数目可能不会小的学费和找人运作的行动路线图，直到天快亮时才合上眼睛。不知啥时女儿突然窸窸窣窣坐了起来，轻轻喊了声：“爸，再开一会儿会吧！”我问：“咋了？”她说：“我想好了，还是就近上学，这样妈妈也放心了，估计也不用花太多的钱。”我说：“花钱多少不是你考虑的事。”女儿说：“我不能花家里太多的钱，你现在这么忙，又没时间写东西挣稿费，不能让你太累着。”我的眼泪哗地涌了出来，但我不愿意让女儿看到这股泪水，我继续说：“你还是去你最想去的学校吧，爸爸一定要满足你这个愿望！”女儿却很坚定地说：“我想好了，一会儿就报这个学校，这也是个很好的学校，我不能让你们太费心了，我昨晚都看见你鬓角的白发了。”我的眼泪终于泉水般地涌了出来。

尽管我们对现行的教育体制有太多的不同看法和意见，但从个体来讲我还是要说，学校对我的孩子的教育是成功的，因为除了知识获取外，她的心底是柔软的，这一点使我非常满足。因此我想向教育她的所有老师致敬，向含辛茹苦拉扯她的妻子致敬，更想向披星戴月、历尽艰辛、百折不挠，甚至可以用忍辱负重、日理万机这些特殊词汇形容的孩子致敬！深深地！

2005年6月26日于西安

01

故乡记忆

故乡如果抽象地说，
既是山川、风物，
也是亲情、友情与祖宗的灵魂所在。
总有人出走，到天下去闯荡，
也总有人回来固守。

父亲

父亲去世时，我二十四岁生日刚过九天，那年他五十岁，是一个不该离开人世的年龄，但他离开了，离开得让谁都无法预料。听母亲说，那天他跟任何一天一样，没有任何异样地早早起了床，洗漱完后，就去区委上班。中午回来仍然是过去一样的饭量，只是吃完饭后，没有急于午休，而是给后院的鱼池子换起水来。换水的时候，把水中的假山挪动了挪动，是想重新造个型。母亲让他别搬了，但他还是兴致勃勃地搬来挪去了许久。母亲在前院忙活其他事，开始还一直能听见搬来挪去的声音，后来怎么没动静了。母亲喊了两声，没有应答，就急忙放下手中的活儿到后院去看，谁知父亲已睡在水池边一动不动了。任母亲如何呼唤，大夫们如何做人工呼吸，打强心针，父亲都再也没有睁开眼睛。当远在外地学习的我闻讯赶回家时，父亲已在棺材里平躺

两天了。真的，当时我几乎感到一切都完了，甚至怀疑起了活着的意义。一家人哭得死去活来，那确实是一种面对房梁崩塌的人生绝望。

很长时间，我一直想写一篇关于父亲的祭文，可每每提笔，总是头绪太多，好像咋说都是挂一漏万的遗憾。后来陕西电视台春节晚会邀请我作一首命题为《父亲》的歌词，我觉得自己有这方面的创作冲动，便欣然答应了。三天后交稿时，方方面面几乎是异口同声地赞不绝口。词是这样写的：

父亲——

我长大了，你老了，老了我的父亲，

望着你的身影，

似看到大山的坚韧，

你用脊梁把一家支撑，

一天天弯曲是因为这副担子太沉太沉。

挑着希望，挑着艰辛，

挑回甘甜时你已劳伤满身。

看着你热血耗尽的慈祥面影，

我想长长地喊一声，父亲，父亲！

我的父亲！

父亲——

我长大了，你老了，老了我的父亲！

望着你的身影，

似看到阶梯的延伸。

你用脊梁把儿女托起，

一天天弯曲是因为我们已长大成人。

抱着希望，满怀信心，

千嘱托万叮咛把我送出家门。

看着你消失在风中的背影，

我想长长地喊一声，父亲，父亲！

我的父亲！

这首歌由著名歌唱演员付笛声演唱后，成为好几家电视台的保留节目，常常被一些孝顺的儿女作为父亲过生日时的礼物，反复在电视上点播。虽然歌词中的“父亲”已不是我那逝去的父亲，但创作这首歌时，我是饱含着对亲生父亲的无限怀恋、爱戴和感激之情的。写作时，我的眼泪常常浸透稿纸，以致最后交稿时，导演还看到了文字被淫浸的泪痕。

父亲的祭文，总有一天我还会去写的，我相信那会是我写得最好的文章。今年清明眼看已到，父亲去世转瞬十年，拿了这首词，去父亲坟上念给他听吧，如果他在天之灵能够听到，那可就真是对我人生的最大安慰了。

1997年4月于西安

让母亲站起来

一个人是靠脊梁支撑着，母亲的脊梁却在新千年到来不久，彻底垮塌了下来。一个人的生理脊梁垮塌了，这几乎是令人难以置信的，但母亲的脊梁是真的垮塌了。当家兄打电话来告诉我时，母亲已瘫痪好几天了。他在电话里说：“妈的腰这回是彻底不行了，卧在床上动都不能动，并且痛得受不了，还拒绝治疗。所有的亲戚朋友几乎都来劝说动员过，但她连到医院去检查一下都不配合。她说她已经让这个腰折磨够了，再不想活了，要我们抓紧准备后事，她在床上再躺一段时间，让我们再尽尽孝道……她就‘走’了……”兄长说得泣不成声，我放下电话，就急忙离开西安，踏上了茫茫陕南山道。

十年沉疴

母亲患的是脊椎结核，已经十几年了。十几

年前她就老喊腰痛，但一直以为是劳伤，只请人按摩了按摩，吃了些中草药，稍有缓解，就不了了之了。

那时她住在商洛山中一个叫柴家坪的小镇上。父亲已经去世，兄长在县城工作，我在西安上班，一家三口人，分了三处住着，我们很少能照顾上她。兄长和我曾多次要求把她接到县上或西安居住，但她都拒绝了。理由是：一来父亲刚去世，她想在新坟边住上几年，我们非常理解那种感情撕裂的痛苦和由此生发的守望之情；二来她当时开了一个小商店，月月略有些收入。她说她才四十多岁，还能动着，等将来老了，手脚不灵便了，再到我们身边不迟。母亲是个很固执的人，她一旦决定的事，那是谁也无法改变的，我们只好依着她。腰疾也便在那种情况下一天天加重了。

有一次我从西安回小镇看她，她就躺在床上，连吃饭都是几位好心的邻居端来拿去，腰上是请一位“土医生”一服服贴着的草药，仍是当腰肌劳损治着。病成这样，从不给我和兄长捎个口信，我埋怨她，她只淡淡地说：“老毛病了，有啥大惊小怪的。你们都那么忙，我这病，睡几天就会好些的。”任我怎么做工作，她还是不同意离开小镇。我在她身边待了一个礼拜，最后她硬是强撑着站起来，把我送走了。

在小镇的车站，她用双手撑着腰给我说：“别老请假往回跑，好好在外面干你们的事，我实在动不得了就会给你们说的。”

望着她发颤的双腿和猴着的腰身，在汽车开动的一刹那间，我的眼前一阵模糊。这曾经是一副多么挺拔的身板哪，在她二三十岁当教师的时候，每每学校或当时的公社、区上搞业余调演活动，她都曾是最活跃的演员之一。仅十几年，母亲不仅从讲坛上病退下来，健康的人生风采不再，且双鬓已完全花白，而此时她才年仅四十八岁。

大概也正是这个年龄，使她永远也不相信，疾病是会把她彻底打倒的。因此，每倒下一次，她都会在休息几天后，又强打精神站起来。为了哄瞒住我和兄长，我们每次回去探望她时，她都会硬撑着挺起腰肢，又是开玩笑，又是给我们做好吃的。直到把我们哄走，她才又倒下暗自呻吟。一些到县城办事的熟人，每每问她要给儿子捎啥话不，她总是反复叮咛："就说我好着哩，千万别说我病着。"其实有时，她就是躺在床上说这些话的。后来兄长还是知道了这事，有一次干脆直接叫了辆卡车，回到小镇连商量都不跟她商量，就端直连人带家强行搬进县城，与自己住在一起了。

进县城休养一段时间，腰部渐渐好些，母亲就急着要找点事做。那时我女儿刚出生不久，我独自一人在西安工作，家还在县上，母亲说让她带带孩子，为我们俭省掉雇保姆的开支。说实话，我觉得很不好意思，但还是这样做了。其实那时母亲的腰部仍痛得很厉害，她是硬撑着把她的小孙女背来抱去的。有时蹲下去，半天站不起来，而要站起来，是要咬着牙骨的。直到那时，我们还一直相信"劳伤"说，每每按她的要求，给她弄些抗疲劳止痛药，持续麻痹着其实是结核在作祟的腰脊。我们也多次要求她到医院检查，但她总坚持说病情是清楚的，没有必要花"冤枉钱"。今天看来，作为儿子，我们是有不可推卸的责任的。母亲抚养大了我们，又用她病残的身子抓养我们的儿女，这将是我们一生都无法排解的悔恨。

当女儿能满地乱跑后，母亲又要求兄长为她再找点活干。兄长看她一日都闲不住，闲着就蛮发脾气，只好又开了一个门面，让她主持经营。谁知她事无巨细，当老板连伙计的活都干了，气得兄长几次要关门，她好说歹说，门面才保留下来。但很快她的腰疾就把她彻底扳倒了。这次兄长再也不听她自己“久病成医”的“诊断”，直接把她抬进县医院，进行了全面检查。为进一步确诊，甚至还把她拉到百里外的另一家骨科医院进行复诊和CT切片鉴定，结果让人大吃一惊：病变使腰椎二、三、四椎体变形，变形椎体使椎管狭窄，已严重压迫神经，并导致下肢部分失去知觉，建议进一步做病理鉴定，确定是否为结核或骨瘤。

兄长双腿哗哗颤抖着，拿了一沓光片和鉴定报告直奔西安一家大医院。我和他径直找到在这儿进修的伯叔兄长陈训，通过他又再找到这里最权威的骨科教授。鉴定结果倒是排除了肿瘤的可能，但认为结核病变已相当严重，必须立即实施手术。这样，母亲便经历了人生“刮骨疗毒”的第一刀。

这次手术让母亲备受煎熬，仅做掉了部分压迫脊髓的死骨，就让母亲躺倒在床上半年多难以下地，后来勉强摇摇晃晃地下了地，才一年多天气，又再次瘫卧床上，生活自理能力不再。这期间，我每每回家探望，都在她病痛难忍之时，母亲是完全失去了一个健康人的基本生活形态，站不能直，坐不能端，卧不能蜷，可以说仅仅只是一条活着的生命。这次又彻底躺倒，早在我们预料之中，但没有想到会这么快。一个人的生命真是太脆弱了，尽管母亲那么坚强，那么有韧性，但她还是无法抗拒疾病的反复侵蚀折磨，终于从肉体到精神都完全缴械投降了。我匆匆赶回家时，她开口给我说的第一句话是：“这恐怕是……我们母子……最后一面了……”我的泪水哗哗地涌了出来，母亲的泪却早已流干了……

艰难说服

母亲已经完全心灰意冷，任我们如何规劝，甚至胁迫，仍拒不治疗，拒不检查，甚或以死相挟，断然拒绝一切说服工作。我每每往床边一坐，她就说："想跟妈妈拉家常了，你就坐下，想劝妈再进医院了，你就出去。这个冤枉钱不能再花了，妈也确实受不了了。与其让妈再受那种比死强不了多少的怪罪，还不如让妈再在床上好好躺几个月。妈的身体已经跟游丝差不多了，稍动一下可能就断了。你们体会不来，妈心里最清楚，花啥钱都是多余的……"

我不知多少次近距离端详过自己的母亲，然而，从来没有这一次这样让人伤感，母亲是真的被病痛折磨得命如游丝了。当我拉住她的手时，几乎已经很难感觉到生命的律动。她想用力握握我的手心，那力量却只能让我感到一种细浪的轻抚和棉絮的缠绕。她的脸颊在慢慢脱水、变形；眼眶也有点凹陷；本来花白的头发，已全然银白，完全不是一个五十八岁人的精神生命状态。当我用药酒给她擦抚因脊髓受压引起病变的膝关节时，我才深切地感受到母亲十几年如一日的艰难负重；当我用药酒给她揉搓疼痛的脊背，面对第一次手术的创面和那已明显凹凸不平的畸形脊柱时，我的眼泪再次吧嗒吧嗒滴了下来。就是这个脊梁，撑持大了我们，又撑持大了她的孙儿孙女；就是这个脊梁，在她疾病缠身的时候，仍为我们创造着本不该再去创造的各种财富。我们没有任何理由让这个脊梁垮塌下去，即使只有百分之一的希望，我们也必须义无反顾地去争取、改变。而这种决心，兄长比我更坚定百倍。

我们仅只兄弟俩，兄长一直离母亲最近。父亲去世后，十几年来，其实兄长一直担当着这个家庭父亲的责任。他在县上商业部门任一个大公司的总经理，本身公务极其繁忙，加之身体又不好，每天确实是在超负荷地运转，特别是在对待母亲上，可以说是一个忍辱负重、百依百顺的孝子。我一直在很远的地方工作，母亲小病小痒的，我们即使通电话，他也从不提起，只是到了实在迈不过的大坎时，才让我回去一下，商量些办法，而具体实施，又全都落在了他的那副宽厚的肩膀上。

当我回去做了一天工作毫无结果时，这天晚上，我和兄长静静坐了半夜。两包烟都抽完了，仍拿不出新的方案。因为这事不能勉强，母亲如果不配合，强行往医院拉，搞不好会使她的腰部受到更大的挫伤。在我回去的前几天，兄长曾试图拉过一次，救护车都叫到楼下了，谁知母亲从床上翻下来，跪在地上反锁了自己的房门，差点没闹出大事来。兄长说："再不敢硬来了。"望着兄长憔悴的面颊和肿胀得穿不进鞋的双脚，我只能在心里默默祈祷：这根顶梁柱可千万不敢累垮了呀！

这天后半夜，我刚迷迷糊糊睡着，突然听到从母亲房里传来了硬物击地的笃笃声。我急忙爬起来去看，发现母亲手拄竹棍，正在保姆的搀扶下，弓着快九十度的腰，一步步艰难地向外挪动。我问她干什么？她说上厕所。我说都这样了，咋不在床上方便？母亲说："等实在病成瘫子……挪不动了，我就会在床上害你们的……"这就是母亲，一个永远追求自食其力而不愿意给任何人添麻烦的人。上一趟厕所，在一套一百多平方米的单元房内，来回整整走了四十多分钟。这四十多分钟，几乎走碎了儿子的心。我在暗暗咬着牙骨：不提高母亲的生活质量，我们确实不配做人。

第二天，我们继续轮番做工作。专程从西安赶去看望母亲的画家朋友马河声，听说工作咋都做不通，有些不相信地说："哪有这样的怪事，放在有些家庭，老人想治病，儿女不孝，还不给治哩。让我去试试，我就不信，还有兵临城下了不缴械投降的。"他信心十足进去，谁知半小时后摇头叹气地出来："真格固执，我连死人都能说活哩，没想到咱姨是铁板一块，水火不进。连我这张嘴都说不转她，恐怕也再难另请高明了。"

商量来商量去，最后是伯叔兄长陈训做了决断："打一针大剂量安定，等她睡迷糊后抬上走！"伯叔兄是医生，又是县医院副院长，我们便一切听他的安排。很快，母亲便在"止痛针"的欺骗中，呼哧打鼾睡着了。我们把她一溜烟抬下楼，抬上救护车，送进了县医院，等她醒来时，一切检查都结束了。尽管她觉得受了愚弄，但面对儿子的孝心，也不好再说什么，只是仍然坚持："不管咋，我是不会二次上手术台的。"

这时我们也不想再跟她商量什么，只是急切地等待着所有检验报告和CT片。一场艰难的说服工作，最终并没有将她说服，但在无奈的欺哄中，我们总算还是拿到了最重要的病理依据。

我连夜回西安了。

二次手术

所有会诊结果，都令人十分沮丧。连非常像样的大医院的大专家，都判定已错失手术良机，爱莫能助。我抱着一线希望，来回穿梭于一些医疗机构的楼上楼下，双腿如灌铅一般沉重。当听到一声声冷酷的判决，心情更是重于坠石。终于，托家乡在西安进修的陈继平和叶明冬大夫的福，在解放军第四军医大学西京医院，找到了一位著名的骨科教授，看完片子后说还有手术指征。我接到这个电话时，双手抖动得连红红的烟头都掉在了裤子上。第二天一早，我就急急忙忙去了西京医院。

这位教授名叫王臻，四十出头，但却已是军内骨科权威。他曾成功参与完成过世界首例“十指断指再植”全部成活手术，在国内外具有一定影响力。当我被叶明冬大夫领进他办公室时，首先，我被他诗人一般的激情和饱满的精神状态所吸引，这是一个完全出乎我意料的医学权威形象，他不仅年轻，身材高大挺拔，而且浑身灵动，充满了似乎是医学以外的睿智与豪情。当知道我是搞写作的，我们很快便从莎士比亚谈到海明威，再谈到画家毕加索、莫奈，又谈到路遥、贾平凹，直到进入正题，话语才显得沉重起来。他一边调着电脑里的资料，一边对着我母亲的腰椎CT片说：“老人的腰椎确实破坏得很厉害，二椎已完全销蚀得不留痕迹；三椎也已基本破坏，存在部分全是病灶和死骨；四椎也有不同程度的损伤；腰段脊椎呈位突畸形；结核组织已侵犯椎管，深度压迫脊髓。这么严重的腰椎结核病变，我见到的还是第一例。现在必须进行腰椎置换术，就是把死骨全部清除，换上人工椎体，不然你母亲可能从此就彻底瘫痪了。”

“换了人工椎体，能让她站起来吗?”我急切地问。

王教授几乎不假思索地说：“可以，只要手术不出意外，老人以后的生活是可以自理的。就是手术材料相当昂贵，像这么严重的病情，恐怕得用世界最先进的，不然将来再造成内固定断裂、人工椎体脱落，麻烦就更大了。”

我当时干脆就没有问价钱，心想只要能让母亲站起来，即使倾家荡产，也在所不惜了。我很快将情况通报给兄长，兄长跟我是完全一样的心情：手术只要能做，即使负债，也得先把母亲从生命的煎熬中解救出来。后来因为准备款项的需要，我从侧面打听了一下，数字确实惊人，对于工薪阶层的兄长与我，意味着每人要拿出四五年不吃不喝的全部工资。这个消息无论如何都不能让母亲知道。她一旦知道，手术是绝对无法实施的。因为我们各自为买房所受的煎熬，她都一清二楚，如果再知晓了这次手术所需的惊人数额，兴许她会做出异常极端的事来。

一切都在有条不紊地运作、铺排着。兄长在那边继续做母亲的工作。亲戚朋友们也持续进行着“车轮战”。大伙说：你就是不为你想，也该为两个儿子想想，你病成这样，他们要是不给你治，不说他们自己心里过得去过不去，社会上会怎么议论这个问题？他们在外面都有很多事要做，你的病一天比一天重，缠绕得他们啥都干不成，你这倒是为了儿子还是害了儿子？终于，母亲看“胳膊拧不过大腿”，更是看着兄长和我为此奔波忙碌得可怜，到底还是放弃了自己的意见，最后，她不无戏谑地对兄长说：“你们实在要动刀杀老娘了，那就朝手术台上抬吧！”

手术选在镇安县医院做，这是母亲的一再要求。一来在家门口，二来人都熟。加之镇安县医院的骨科技术在全省县级医院中处于领先水平，因此王臻教授同意赴镇安担任主刀，县医院院长、骨科专家马彦绍和其他几位骨科骨干担任助手。很快，母亲的第二次手术，便在一个多月的艰难准备中，进入了最后的实施阶段。

手术那天，母亲的精神状态非常令教授满意，一向痛苦不堪的她，那天显得特别平静，甚至谈笑风生。她不停地对我们说：“妈是一颗红心，两手打算。活着抬出来了，就好好活；死了拖出去了，你们也算是尽了孝心。”兄长颤抖着双手，在签完了“手术可能导致病人死亡或各种后遗症”的“生死契约”后，我们一一与母亲捏了捏手。随后，母亲便被几位穿白大褂的人送进了手术室，时间是早晨八点半。紧接着，一场比炮火硝烟战斗更让人惊心动魄的手术便开始了。

我和兄长是坐在手术室旁麻醉师的办公室里，焦急不安。而在手术室外的过道上，亲戚朋友已将走廊围得水泄不通。这是一个特大手术，在镇安县医院的历史上尚属首次，在全省据说也不多见。教授要求录下手术全过程，因此，县电视台的工作人员也在里外奔忙着。伯叔兄长陈训因在医院工作，也便干脆穿上白大褂进了手术室。是他来回传递着消息，一会儿告诉我们，麻醉已经结束；一会儿又通报说，切口基本拉开，是从腹部动刀，直拉到背部，伤口有一尺多长。我们都紧紧咬着牙关，不敢想象那种情景，好在母亲是在麻醉中人事不知的。手术前后进行了七八个小时，我们就那样一直静静等待着里面的消息。几十位亲戚朋友，自始至终围绕在手术室附近，有了这些精神与道义上的支撑，我和兄长也便在极度不安中有了一分慰藉与平静。术前王教授曾讲，这个手术最大的危险在于害怕撞破脊椎动脉血管，一旦撞破，病人很可能就会死在手术台上。因此，每当护士出来要血时，我们便会冒出一身冷汗来。好在手术终于在下午三点多顺利结束了，当王教授笑吟吟从手术室走出来时，我们当即百感交集地迎了上去。

王教授说：“手术进行得很彻底，把里面的死骨和脓肿全部清除了。你母亲是一个非常顽强的人，骨头已经被结核侵蚀呈蜂窝状了，用一个形象的比喻，腰部整个成了‘豆腐渣工程’，能坚持到今天是个奇迹。这下你们放心好了，手术用进口钛金椎体连接住了完全取掉的二、三腰椎，她会跟正常人一样站起来的。”

我和兄长的喉头都无比激动地哽咽着，什么话也说不出来。很快，母亲活着从手术室里被推出来了……

蓝天微笑

母亲在有惊无险地经历了七十二小时危险期后，终于慢慢地露出了笑意。她开口说的第一句话是：“妈这个老废物……怎么还没死呀!”我笑着说：“教授说了，从理论上讲，这次给你换的人工钛金椎体，在体内至少能使用一百二十年。”母亲说：“那我还不活成老精怪了。”

说实话，我们不指望母亲能再活一百二十岁，只期待她在有限的生命中，活出一个人应有的结实身板，活出最起码的生活质量。母亲一生为我们辛苦操劳，即使在重病期间，仍追求自食其力的生存原则，这让我们感受到了一种在书本上永远也感受不到的精神引领和意志提升。母亲是我们生命的来源，母亲是我们生命的钙质，母亲更是我们精神的蓝天。不敢想象，在没有母亲的日子里，我们取得的任何成就，还有谁能发出如此由衷的赞叹和会心的微笑；不敢想象，在没有母亲的日子里，我们遭遇了风吹雨打，雷劈电击，还有谁能像母亲那样无私地接纳、呵护、抚慰；母亲是儿子永远的根基，只要这个根基在，无论走到哪里，我们脚下都不会产生虚飘空洞感；母亲是儿子永远的蓝天，只要这蓝天在，无论飘到哪里，我们都会感到有一把无形的伞，在随时遮挡着无常的风雨。母亲是个人，但她更是一棵树，一眼泉，一架桥，一个巢，一座温馨的老房子，当我们远离时，她是孤独寂寞地存在着；一旦当我们走近，便感到了无与伦比的亲切、祥和、静谧与安宁。这种任何亲情都无法替代的感觉，是一种真正的人生归属感。即便你能上天，能入地，唯有这种归宿感是最安全的。

母亲终于一天天好起来。有了兄嫂的真切呵护，有了小保姆的细心体贴，有了亲朋好友的诚挚关爱，我相信这片蓝天会越来越灿烂的。我该走了，儿子又该远行了，我拉着她的手说："妈，我走哇，你的腰板这下是要彻底硬朗起来了！"

母亲说："你走吧，好好干你的事。只要你们的腰板硬朗着，妈的腰板即使断了，感觉也永远是硬朗的……"

2001年5月15日于西安

致青春万岁的王蒙先生

非常高兴被邀请来参加王蒙先生九十华诞盛典，还安排我致辞，也就是说几句话，更是荣幸之至了。这是一个十分美好而吉祥的日子，我想每位来宾都跟我一样的兴奋激动，因为我们是在跟一位阳光灿烂的老人一起共度这个美好的良宵。

我跟王蒙老师认识很多年了，属忘年交。先生给我最深刻的印象就是始终精神饱满、生命激扬、风趣幽默、通透豁亮。这些生命精神给我们一种鼓舞，让我们懂得了更多更丰富的生命意义，甚至包括一种独特的生命形态、形状、形貌。在几十年的交往中，先生给了我很多重要助推与营养，让我特别受用、特别感怀，也特别感恩。

记得我的长篇小说《装台》获得“中国好书”时，先生就受央视之邀，到现场朗读了其中的片段，并给以重要解读鼓励。后来在创作《主角》时，先生一直让我“抡圆了写”，就是放开写的意思，这其实是一种十分重要的长篇创作经验。小说完成后，他又拨冗阅读，不仅几次用电话与微信方式圈点一些他认为写得“精彩”的段落语句，而且还亲自出席座谈会，并写文章对《主角》寄予极大肯定，充满了一个老作家对后学的呵护与抬爱。今年出版长篇小说《星空与半棵树》后，先生又在北戴河疗养期间，仔细阅读全文，多次打问其中诸多人物细节以及猫头鹰的特性，最后写出了六千字的弘文，对拙作进行全面阐释评价，那种不吝赞赏鼓励的词句，令我十分感动、感慨、感奋。

先生每每见到我，第一句话总是在问最近在写什么，另一句话是：再忙也不能忘了创作。还有一句忠告：作家除了拿作品说话，其余什么也不是。这些充满了创作生命经验与智慧的话语，让我始终紧紧握着手中的笔。

先生给我人生最深刻的印象在三个方面：

一是着力提携后生，诲人不倦。这方面很多年轻作家都有深切感受。他对后学的认知、提点、鼓励从来都是包容、赞誉、泽被有加的。这种“厚德”精神，让更多人建立起了创作探索的信心，从而有了更多更大的收获。

二是生命乐观向上，达观自在。这是一种生活态度，也是一种生命精神。无论何时何地，先生给我们传递的都是一种积极向上、思辨通透的生命哲学。他的诙谐幽默，充满了自身与他者的和解精神，是一棵饱经风霜的大树的摇曳多姿。

三是创造活力充沛，生命日新。我们从先生这里永远看不到老人心态，听不到任何放弃与怠惰的声音。无论生活还是创作，都在巨大

的井喷中，呈现出一种生命河流的浩荡之气、奔腾之姿，这是自然与生命的本质要义与特性。先生正是在这个哲学与生活逻辑的层面上，实现着他的生命的“苟日新，又日新，日日新”。

让我们举起杯，敬祝王蒙先生这片独特的生命风景，青春万岁，永远扬帆远航!

2023年9月16日于北京

今天是先生虚六十岁生日，念出这个数字先把人吓一跳。在我印象中，先生始终是四十几岁的样子，内心很年轻，有时甚至还有些年轻人的顽皮劲儿。但掐指头一算，真的是这个年龄了。昨天先生给我打了个电话，问我今天有事没有，我问有啥事，他不好意思地哄弄了半天，才说今天过生日，一帮朋友硬说是“大关节”，要热闹一下，准备把咱那些“鬼”（指朋友）都叫一下，就吃个饭，开始总得说几句，让你说呢，你看咋样？我的第一感觉就是四个字：责任重大。先生的那些“鬼”，都不是一般的“鬼”，个个能说会道，想在他们面前说几句话，不大容易被认为是得体的。再有，今天下午我也确实有事，但想想，在西京城，今天还有比先生过六十大寿更重要的事吗？

直到今天下午三点以前，我还是准备即兴说

几句的，可看着看着时间要到了，就有些慌神，怕现场说不好，想了几句歌颂先生的词，朝这儿一站，全忘了，咋办？想来想去，还是弄个稿的好。

我想说三个意思。

一是先生的勤奋，是“鬼”们永远学习的榜样。远处人可能更多看到的是先生文学成就的高度、广度和深度，而我们，具体看到的就是一个人的劳作强度。我常说，先生所写的这上千万字，让人抄一遍，也是要望而却步的，可先生一年一年，就是这样写过来了。他常让人想起那些最勤劳的农夫，无论天晴下雨，行风走暴，都始终塌下身子在躬耕着。他很少宣言、咋呼，一直就是用作品在说着话。我们形容作家，常用“著作等身”这个词，在他这里，已经不管用了。当然，首先是他个子确实小，容易等身，可他即使是一米八几的身高，这个词似乎也已全然失效了。面对这样的高度，“鬼”们无论比他身子高过几许，其内心都是在真切仰望他着的。

二是先生的勤俭，更是“鬼”们值得省察的生活样态。都说先生啬得很，把钱袋子捂得很紧，我老想，如果先生迟早扎个有钱的势，脸上写满了挖了金子、挖了煤的得意，吃完饭，把钱掏出来板得嚗嚗响，出门开个路虎、霸道，“轰”的一声逼到你脚下，把你吓一跳，那还是先生吗？你还爱这个人吗？先生经常爱说的一句话是：要过日子哩。听起来好像是笑话，但那里面分明有一种道。这个道始终制约着他的膨胀，让人感到他永远活得很常态，很“人民群众”。这是非常了不起的，是智慧，也是一种顾忌着别人感受的收敛相。所谓富贵之气象，更贵在富而不骄，富而不奢，与其让先生出手阔绰，板出钱来咧咧啦啦，铜臭弥漫，倒不如让先生扣扣掐掐，将啬皮进行到底。

三是先生的低调，应成为“鬼”们人生进步的基调。先生把人活得这大，成就弄得这么高，但先生始终处事为人低调，那是需要很强的抑制力和定力的。社会上成功人士很多，许多人常常让人感到一种压迫感和局促感，有时见人家远远走过来，那势，让人不由自主就得回避。可先生没有，我十五岁教他打牌，他就是这种憨相，直到现在也没过分灵醒起来。你始终感到他很亲切，能忘我，各种调侃都能接纳，有时生气了，也会骂几句狠话，那种拙态，更像寻常人家隔壁他二舅那样普通。他对道家思想无疑是践行最深刻的人。他能不声不响地攀上高处，就在于他的基础是坚实地坐在谷底的岩石上。当你发现他咋那么成功时，他已比你还低矮地打坐在你身旁，是一副很平常的样子，你能去嫉妒一个比你还矮小的人吗？

言归正传，现在开始祝寿：先祝先生活个九十岁。三十年后，先生如果对现实生命还兴趣盎然，只要你舍得再摆这么几桌酒席，这些“鬼”们还会来赴宴，大家会通过民主协商的办法，把你的寿数延续到一百二十岁。不过你得好好待承这些“鬼”，这些“鬼”才是你活着的最大乐趣和念想。

2010年3月25日于西安

记书法家雷公二三事

离开西安转眼七八年了，总是能忆起很多人物，这里边就有书法家雷珍民先生。雷先生比我年长，平常大家都称他雷公，我称雷老师或雷先生，不仅出于尊重，也的确因为自己业余爱好书法，多有求教。而雷先生总是悉心教诲，以匡正我积习成弊的书写惯性与毛病，从而使我有所长进。

我对雷先生有几个很深刻的记忆，一是先生特别喜欢秦腔。我在一个剧院当差时，常能与他见面，多是因为秦腔演出。每逢有新戏，我必邀请一些文化名家来看。陕西文化名家、大家多，秦腔事业也需要这些人支持捧场。有些不一定喜欢，来了坐一会儿，说有事，就礼貌告退了，也算是一种支持。而有些是真喜欢。雷先生就属于真喜欢的那种。每每只要电话相邀，必定到场，且一屁股坐到底，看完还要说出个一二三来。说辞里面有秦腔，有其他中国戏曲，也自然会带进书法艺术。时间长了，我发现雷先生与不少秦腔艺术家都有深交，他爱着他们的戏，他们也爱着雷先生这个深爱戏的人。先生墨宝一字千金，但在秦腔艺术家那里，是有求必应的。一个唱“黑头”的演员，说他有雷老师五六幅字。有些是要的，有些是雷公给的。据说雷先生特别喜欢大花脸的唱念，他说秦人身上没有一点黑头的血性还能成！尽管他自己见人都是谦谦礼敬的样貌，却对秦腔这种长空裂帛般的艺术个性有着特别深入的理解。他希望秦腔是长枪大戟的，是密处走马的，更是响遏行云的。这些也都与书艺紧密相连着。

先生跟我算是忘年交。除了到剧院看戏，也会在不少场合碰见。那些年，我对书法有点痴迷，倒是无意于做书法家，而是想把字写好。在长安地面，文人都喜欢提起毛笔刷两下子，也属“臭毛病”之一种吧。有朋友指引我，先把《圣教序》临几遍再说。好在我平生爱下些笨功夫，就用近两年时间，把两千余字的《圣教序》临了一百遍，业内称“一百通”，书卷码了半间屋。满“百通”那日，我将书法界的朋友邀了七八位，聚在一个泡馍馆，一边庆贺，一边希望得到新的赐教。那天雷先生也到场了。我先是收获了狂风暴雨般的褒奖，大有“囊萤映雪”“凿壁借光”“悬梁刺股”之勤奋态，对于习作本身，好词也上得劈头盖脸、应接不暇。因为我毕竟不是书家，大家用词就不免放松夸张些。即便捧上天，也不至于失了水准，贻笑大方。且每位方家还都不吝笔墨，在第一份百通长卷上，纷纷写下了真草隶篆各异的跋文①。

那天最数雷先生的跋文写得长，且用的是楷书。大家都在掰馍闲谝，先生却独自伏案，写了很长时间，最后数来达三百余字。那明显是即兴书写，读来却朗朗上口，文采飞扬。文章从他认识我起，到看我写的舞台剧，再到面对眼前这第一百通临习之作的感怀感叹，都充满了溢美之词，尽显一个长者的宽厚风范。字里行间，也透射出一个书法家对艺术的综合美学思考，以及十分辩证的勤奋、守正、深入与

①文体的一种，写在书籍或文章的后面，多用以评介内容或说明写作经过等。

创造、创新间的诸多关系。它不仅对我有用，也是一个书法家对书写大道的深切生命体悟，委实难得。那篇跋文可谓信手拈来，却文字精当，布局清雅，字字端方，未着一点废弃墨痕，是在同行们一阵由衷的掌声与赞叹中落款钤印的。

算来我业余习字也三十多年了。在这三十多年当中，于西安、北京，都交有书法界名家甚至大家。需要感念、感恩者实在不少。好在我始终定位为业余爱好者，也就没有任何书写的负担。雷先生属于我在西安接触较为频繁的一位书法大家。除了开会、朋友雅聚外，专为书法相见的次数并不多。但先生始终记挂我是爱着书法的。有一次在一个朋友聚会上，先生一见我，立即从包中拿出一本字帖送与我说，你可以在二王以外，再练练其他帖。他强调临帖很重要，但也不能把一个帖临死了，有时得破一破。他送给我的是元代鲜于枢的帖集，并随手翻到《石鼓歌》与《韩愈送李愿归盘谷序》说，鲜于枢也是学的二王一路，但变化颇大，笔法遒劲，气势雄伟跌宕，形成了自己的风格，你可以从他的演化中，再去寻找临习二王的方式方法。他还说，写字也不一定都顺着万众归一的大路走，旁逸斜出，有时也是认识大道之一种。这是临习法帖之哲学啊！这也是先生，一个心中始终有着朋友与后进的人。

调到北京有几年没有跟先生往来了，但却在京城常常看到他的字，并且都挂在显眼的地方，我自是心生骄傲，深感与有荣焉。最近收到先生一幅手札，说经不住朋友与家人撺掇，他要出一个新的书法作品集，想让新朋老友说几句话，也算是集合一下念想。我便于公差路途，在手机上记下过往点滴，于今日整理毕，捧于先生忆旧并见教之。

是为序。

2024年8月11日于北京

天才的背影

“天才”这个定义无疑是对人而言的，但对于人又确实应该慎用，那些被封天才和自封天才的人，多少都会生些乱子，有的干脆就成了狂人，因此，这两个极易使人疯癫得找不着北的字，最好别用在活人身上，谁用谁先倒霉，继而殃及池鱼。秦腔名丑阎振俗已经去世十五年了，用这两个字，当不会引尸还魂，造成老先生的死后疯癫。

我看舞台剧，对丑角始终是深怀敬畏的。我就想不来，美妙的丑角演员，咋就有那么大的神奇，能当场让我笑出眼泪，并满腹抽搐，扑通一下溜到椅子下爬不起来。我想我还是有些自制力的，也不是轻易能被那些“硬幽默”撞动神经的，可面对真正有含金量的喜剧，还是轻而易举就被撂翻了。其中最让我没有免疫力、抵抗力甚至辨别力的，就数阎振俗了。只要看他的戏，哪怕是模糊不清的录像，那种语言的生动自然和动作的机敏捷快，以及神情的冷峻超拔和韵律的不温不火，都让我不能不笑得肩背耸动，甚至为之喷饭。大概是拙劣的“大腕小品”看腻歪了，那种“硬故事”“硬包袱”“硬转折”“硬嫁接”“硬表演”“硬搞笑”，这些年是生生把人的一点笑神经给弄死了，看阎振俗，才能真的唤起一点想笑的声音来。

喜剧是最难把握的艺术，想逗人笑，结果咋都把人逗不笑，对于表演者，那是当下就要毛发倒竖、汗湿衣衫的事。那些大腕们之所以敢反复“铤而走险”，拼命地油腔滑调，全仗电视艺术的配音动效，不管好笑不好笑，话一出口，先配上一阵哄堂大笑声，腕们便有了继续唬人的底气，长此以往，发掘喜剧内因的功能便蜕化甚至变质了，有些真有喜剧天分的人，也就被慢慢扼杀了。能够年年月月坚持战斗在荧屏上的那些熟脸，除了让人佩服他们敢于自轻自贱甚至自残（扮演残疾人）的勇气外，最让人佩服的还是那张撑得硬、绷得紧、色不变、戳不烂得颇有些厚度的脸皮。喜剧被搞到今天这么个苍凉的境地，“名脸”瞎乱“扎堆”和电视技术手段的滥用，不能不说是罪魁祸首之一。

喜剧是真正需要用生命体验来水盆显影的一种艺术，绝不敢硬搞，硬搞就会失去妙趣天成的自然感。喜剧一旦不自然，笑声也就会变得僵硬起来。卓别林之所以让我们捧腹，那种生命质地的深刻发掘和生活演绎的自然流畅，是让我们越品越有味的原因。浅薄之徒的喜剧，让我们看完之后，只会用“耍怪”二字弃之若敝屣。秦腔名丑阎振俗老先生的喜剧，之所以让西北大地的观众倾倒，一是得力于深厚的传统功底；二是有赖于几十年坎坎坷坷、风风雨雨的人生阅历；第三才是说不清道不明的喜剧天分。

很难想象，这样一个喜剧天才，是诞生在如此贫寒的特困家庭，用他自己独特的叙事话语说：“喝的拌汤（面糊糊）能洗脸，穿的冬衣没夹棉。想偷人没有胆，想做生意没本钱。光席冰炕腿放满（姐弟五个），被薄人多盖不严。你蹬他拽失情面，都说身后把风钻。弟兄常演‘三打店’，日子过得没眉眼。这种光景无期限，入地容易上天难。”1930年，他在十一岁那年，终于熬不住，由终南山边边进西安城去学唱戏了。先到三意社，因吃饭不小心打了个碗（真是绳从细处断），被教练打得挺不住，又托人改投易俗社了。在这个后来蒋介石和鲁迅等大人物都看过戏的剧社里，阎振俗苦学苦练了五年半。汗没少流，泪没少淌，可一月五角钱的工资，实在干得窝囊透顶，终于，在易俗社去蒲城县演出时，他“溜号”钻入了另一个叫景化社的戏班子。在这个班子里，他风风火火干得正欢，却又遇上“西安事变”，蒋介石被抓，远在潼关演出的剧社都被彻底查禁了。他是这样形容那段生活的：“潼关把城关，戏班子比鳖蔫。真是蚂蚱把腿拴，真是鱼虾上沙滩。真是孤岛失群雁，真像媳妇死老汉。”无奈间，他只好又偷偷溜回了老家终南山根。当初出门时，他是拍了腔子要挣钱养家糊口的，没想到，在外混打几年，回来身无分文，只顺手偷了一副国军的马镫，气得父亲直磕烟锅说：“咱家又养不起马，要的是啥吊马镫？连讨饭的都不如，唱你妈的个×戏。”折腾了一圈，又回到原点，邻里笑话，家人谈嫌，那种“怄气伤肝”的日子实在撑不下去了，他便又踅摸[①]着，准备找新的剧社搭班子挣钱。那时国民党军队也特别注重舆论宣传和文化娱乐，榆林高军长麾下就有班社，他很快就被介绍到“队伍里”做了文艺兵，这也自然给“文化大革命”中“蹲牛棚”“坐飞机”“挨闷棍”

①意为寻找机会。

"吃黑砖"埋下了伏笔。在阎老的记忆中，那是最风光的一次换班社，队伍上先发了十五块大洋，他给家里留下十块，换来一屋的笑脸，然后置了一身"礼帽长衫"的行头（好歹是按名演招去的嘛）。直到去世前阎老还在感叹，咋没到照相馆把那副神气拍下来做个纪念。在国军的队伍里，他香的甜的没少吃，苦的辣的也没少尝，最要命的一次，差点没被一枪"结果了狗命"。那是蒋介石的中央军来了个话剧团慰问演出，要他们做群众演员，那帮家伙仗着"朝廷"的威势，对他们胡指乱挥，颐指气使。他想，咱也是国军的演员，你也是国军的演员，凭啥我们干活你们闲转，"有事没事还给咱板蛋[1]"？暗地里，他撺掇起地方军的演员们，跟中央军剧团打了一仗，很快，他就被砸上镣铐，投入监牢了。还是唱戏的手艺救了他，再后来有一职位更高的指挥官要看戏，他以不凡的技艺为自己挣脱了枷锁。折腾来折腾去，直到1952年才因"唱戏的好把式"，又端上了中华人民共和国唱戏的饭碗。"文化大革命"中，老戏查封，加之自己"历史浑浊"，遭斗挨批，自是家常便饭。"文化大革命"结束，很长时间，他都在陕西省戏曲研究院的门房做"看门老头"。这种特殊的人生历练，造就了他无与伦比的达观性情，那种人生挤压中迸发出的喜剧，如陈醋水激菜，似老铁匠淬火，便咋嚼咋有味道，咋看咋有神韵了。

生于1918年的阎振俗，活了七十二岁，从十一岁出门，人生折磨就未间断，先后换过七八个班社，一会儿在省城学艺，一会儿在县城搭班，一会儿"侍奉伪军"，一会儿"招呼共军"，一会儿坐牢，一会儿改造，一会儿坐上宾，一会儿"当门神"。总之，人生始终处于"走钢丝""跳弹簧""抻皮条"的动荡境地，用他自己的话说是"如同赤

①意为使脾气。

脚走刀山”。正是这种变幻莫测的人生经历，造就了他独特的思维方式，任何角色一旦经他琢磨，性格特征便会平添神采，尤其是语言运用，可谓稳、准、冷、狠，什么角色一到他手中，说话方式以及遣词造句，都会得到“大翻版”式的改变，许多语言在哪儿一演出，便会成为一时的流行语，看似平常的口语、民谚、大实话，“安妥帖”“卡到位”了，就给人一种醍醐灌顶般的生命透彻感。这便是今天那些拥着美女、香车、别墅，靠着炒作、包装、走穴红火起来的喜剧明星们，所永远达不到的人性深度。

其实阎老连一天学也没上过，他的语言积累，完全是靠传统戏本的继承和人生舞台的砥砺使然。全国解放后，他也曾猛学过一阵文化，据说先后有三年时间，一直在“生吞活剥”字典，许多字“硬是吃到肚子里了”。慢慢地，他的艺术创造就与文字有了直接关系。每领到一个剧本，他都会在上面写得密密麻麻，既有体会，更有剧词的改动，有时一句话会琢磨出十几种说法，直到同行和观众都“双手不由自主地抽搐（鼓掌）到一块儿”为止。在我写这篇文章时，他的儿子找来一堆资料，其中有一份便是至今都被晚辈悉心珍藏的阎老手稿。这份手稿共有五十八页，用打油诗写成，全长八百零六行，计万言左右。前文所引用的诸多妙语，便是在这份手稿中“断章取义”的。手稿取名《艺途回首——我的五十年舞台生涯》，落款是1980年，那一年他刚好退休。虽然这份舞台生涯回忆录式的手稿，尚经不起严格的文字推敲，但其中的人生艰辛、世态炎凉已跃然纸上，对于艺术的细心体悟与精到把握也明白晓畅，尤其是世事洞明、人情练达的豁透、散淡感，可谓字字珠玑，哲理深藏。掩卷后，让人久久在麻辣、辛酸、苦涩中品味着喜剧的真正成因，喜剧似乎是要用悲剧做底盘的，是需拿厚实与深刻做轴承的，啥都能玩儿，喜剧真不是谁都能闹着玩儿的。

阎老先生不仅有深厚的生活积存，而且还有扎实的艺术技巧，二者相加，自是如虎添翼，相得益彰。丑角演员有些是半路因会“耍怪”而出家，要命的是缺乏功底，而阎老先生自11岁起就练得“汗没干过，眼泪没断过，身上的皮肉没浑全过”。早先还演了几年须生，后来嗓子变“失塌”了，才改行唱丑。为了不落人后，他更是事事潜心琢磨，戏戏力求精彩，从而留下了许多艺坛佳话。至今还广为同行称道的是，他在扮演《十五贯》中的娄阿鼠时，竟然买下一只小白鼠，关在笼子里，放在家中观察达半年之久，最后慢慢总结出：老鼠最怕响动，一有响动便浑身颤抖，不能自已，那种警觉是任何动物都不具备的。因此，他的娄阿鼠一出场，稍有惊动，脚下便像安了发电机似的，突突突突突，一阵机械狂转，避之不见踪影。稍事安静，他又会探头探脑，觉得一切都安全了，才胜似闲庭信步地走出来四处乱嗅。进、退、翻、转，比闪电还快捷；窥、察、避、藏，如脱兔般利落。尤其是那一对“鼠眼”，机敏而狡黠，神凝而光贼，观六路，听八方，察天地，洞幽微，加之鼠嘴的频繁吸嘬和鼠须的奇异扇动，把个疑神疑鬼、胆战心惊，而又见财起意、欲罢不能的盗窃杀人犯的心理，揭示得淋漓尽致，形象刻画得入木三分。每每一举手，一投足，都掌声四起，呼声雷动，直引来秦腔界诸多“娄阿鼠”，至今都沿用着他的许多精彩套路。他在《艺途回首》中说：“老鼠是我的好导演，小家伙给我把道传。”这只小白鼠不仅给了他外在形态，内在神韵，而且还使他在唱念表达上，也进行了一系列更适合剧种特点和人物性格塑造的创新，其中娄阿鼠在公堂上的最后一段陈述，昆曲原来用的是唱腔，他感到唱出来“劲道”不足，加之唱也不是他的强项，便改为这样一段与人物

性情极其吻合的道白："那天晚上，小人把钱输光，饥饿难当，溜进尤家肉房，观见尤葫芦（被杀者）枕着铜钱睡觉，我心里起穷，刚把钱一抓，尤葫芦就把我拉，二牛顶仗力大，我二人一起打架，我正当防卫把斧头一爹，轻轻来咧一下，没的小心，砍得太深，大老爷开恩，从今往后，往后从今，我再也不敢参与打架，再也不敢过失杀人。"这种避重就轻、巧舌如簧的认罪伏法，用在娄阿鼠身上，是再也精准不过的性格语言开发，因此，许多《十五贯》演出版本，现在已基本效法了他的这些创造。在琢磨人物上，阎振俗曾下了许多别人不曾下的功夫，据说在演《两颗铃》中的特务"一零三"时，为了把烧鸡卖好，他还与"烧鸡王"交了朋友，其中有一段装跛子的戏，他甚至还专门结交了骨科医生，到医院实地观察，上手术台深究人体构造，最终使那几步跛子路，走得满台生风，美妙传神，至今人们回味起来还忍俊不禁。

在生活中，阎振俗更是注重性灵培养，将自己始终置身于艺术创造的氛围中。在他家里，到处都摆放着造型独特的树根、花盆、凳子、衣架、手杖、枕头等物件，上面雕满了鸡、犬、马、羊，兔、鼠、雁、鹰之类的动物图案，个个憨态可掬，呼之欲出。有人还以为是什么墓藏、古玩，其实都是他一刀刀雕刻出来的飞禽走兽。另外还有许多书画作品也四处悬挂，每一幅都是他对山水人物的悉心描画和对颜真卿、柳公权的刻意效法，连舞台上用的头套、胡须、梢子[①]等，也都是自己亲手缝制。总之，阎老总是希望通过自己的艺术感知和创造，塑造出不同于别人甚至不同于自己的艺术形象来，这也便是他始终能够独领秦腔丑行风骚的根本原因。

①指可以甩动的长发。

阎振俗一生扮演了近百个生动传神的角色，无论是《炼印》中的贾按元、《法门寺》中的刘媒婆、《窦娥冤》中的张驴儿，还是《教学》中的白先生、《拾黄金》中的胡来、《打砂锅》中的胡伦，都以独特的视角、超常的外形表征，塑造出了舞台形象的“这一个”。尤为大家称道的是《杨三小》中的杨三小，不仅集丑、旦于一身，而且融说、学、逗、唱于一体，是一曲很见丑角功底的戏。阎老寓庄于谐，风趣机智，把个貌丑心美、见义勇为的杨三小，演得出神入化，活灵活现，至今有人说道起来还捧腹不已。我尤其喜欢这个独幕戏[①]，他给小人物以诙谐幽默的个性，给小人物以侠肝义胆的豪情，给小人物以超凡脱俗的智慧，不似今日的某些晚会喜剧，总是拿小人物开涮，让他们吃了苦、受了罪，还要在城里人面前出尽洋相，说些傻愣嘎崩的话，做些瓷麻二愣的事，临了抖一个包袱出来，还让小人物再露一回贪小便宜的丑。我总觉得这是强势人群对弱势群体缺乏的温润和厚道，是一种少数人的喜剧，多数人的伤痛。用一句流行的小品话语说：悲哀，的确悲哀。我们应该有更多“杨三小式”的喜剧。

笑星阎振俗是1990年冬天离开我们的，那时他患胃癌已一年多时间，病痛的折磨始终没有击垮他乐观向上的精神世界。弥留之际，同事们心情沉重地来看他，他还极其轻松地创作了一段自己最擅长的舞台韵白：“人活七十是大寿，儿女孙子全都有。工资虽少将就够，清贫生活佛开口。地球本是一堆土，有来有往是轮流。如果来了都不走，压扁地球没处蹴。”这种人生的达观豁透，给活着的人留下了太深刻的印象，以至今天，还有许多人在传诵着这段以自然规律笑对死亡的箴言。

①一种戏剧形式，全剧情节在一幕内完成，情节单纯，结构紧凑。

是丰富多色的人生，造就了阎振俗不同寻常的丑角气象，他给秦腔观众带来了太多的笑声，也给我们传递了太多的苦涩，他一直在演小丑，但在生活中始终没有露出跳梁小丑般的浅薄相，这对今天的“喜剧世界”，无疑是有古铜镜般的映照意义的。丑角戏有许多属于剧中的“花边”“彩头”，当是“小角色”一类，但阎振俗从不以“小”为耻，不以“配”为贱，认认真真演戏，朴朴实实做人，没有把舞台上的小丑行径如法炮制地带到生活中来，因此，他一直是观众和同行都十分尊重的大演员。有人说过，天才五百年才出一个的，但愿阎振俗式的地方戏喜剧天才，能缩短周期律地频繁涌出，这个时代太需要真能激活人心灵，从而真的笑出眼泪的喜剧了。

2006年7月29日于西安

我的塔云山[1]

在我的心中，塔云山始终是人间最险、最奇、最绝、最美的山，因为它被包裹在千山万山之中，而一直冷清寂寞着。我就出生在这座山脚下的石板房里。这个地方原来叫松柏乡，我父亲在那里当公差。当我第一次能够远眺的时候，大概看见的就是这座像刀切斧劈出来的山峰，那是全然孤立的一根通天柱，我奇怪很多地方都把这种山叫天柱山，而我的这根通天柱，却有了塔云山这样诗意的名字。后来才知道，那是因为我的家乡镇安县，在清朝时出了一个进士，还在朝廷当了很大的官，并且很清廉，名叫晏安澜。是他把一个“祈福求子”的“塔儿山”，改成了塔云山。一字之改，自是生出了难以言喻的化腐朽为神奇的功效。塔云山，山似塔，云雾终日缭绕，在五百年前的明朝正德年间，就有道士建观布

① 位于陕西镇安县城西南35公里处。

道，数百年香火不断。说寂寞，其实也在细水长流地悄然红火着。

我第一次登上去，是在十二岁的时候。学校野营拉练，我们都背了捆得跟粽子一样的背包，还挎了自削的步枪，别着锅盔馍，一行几个班的百十号人，真像打仗一样，天还没亮，就顺着山脚猫腰往上攀爬起来。那根“天柱”是绝对爬不上去的，我们都是从“天柱”边沿较平缓的山路迂回盘旋而上的。背包和“武器”辎重，在半山腰就被老师集中到一起了，光人上去都很困难，更别说背着捆扎得三扁四不圆的行李和几乎跟人一样长的枪械了。我们都顺手折下一根树枝做拐杖，勉强爬上去时，太阳已当顶了。一些女生硬是“赖”在了路途上的临时“收容站”里。硬撑着爬上来的，大多也累得够呛。我清楚记得，当我接近最后一级台阶时，脚咋都抬不起来，是先用屁股着地，一个驴打滚儿，才生生滚了上去。

山上确实很美，几人才能合抱住的粗松树，布满了几座山头。松鼠也许是很少见到这么多叽叽喳喳的毛孩儿，都十分胆怯地四处乱窜着。竟然有同学一个石块飞上去，就见一只松鼠血淋淋地掉在了另一个同学正东张西望着的脸上，“肇事者”立即遭到了老师的痛斥。

那时山上有十几间塌了顶、倒了墙的烂房圈，房圈里长满了野草和青苔。断壁上有依稀可辨的画像，老师说是老子骑牛入关图。在房基四周，到处都是被打碎的石碑，那上面刻着许多字，因为是繁体，我们认不出几个来，但字都刻得非常周正，好看。老师说我们的大楷几时要是能写到这个水平就行了。有学生问：“这么好的碑为啥都打成这样了？”老师说：“‘文革’破四旧嘛。”大家都在破石碴中捡那些相对完整的字，我也捡到了一块，是个“仁”字，比拳头略小一点儿，边缘部位破损得厉害，但总体笔画都在。老师说这些字应该很有些年代了，都算文物了，可当时，这里荒芜得没有任何管理迹象。我把“仁”字揣了回去，至今还在书架上摆放着。

玩了一会儿，我们满以为这就是塔云山山顶了，谁知老师说，这才是过去接待香客的地方，“金顶”还在山梁背后呢。我是一步都不想再爬了，一直磨叽着，但最终拗不过，还是被大部队簇拥到了“金顶”脚下。真是太神奇了，一间白房子，凌空盖在了山峰之巅，据说里面的“老爷像”，就是由山顶石雕琢而成。登临“金顶”，还需要爬几十级台阶。开始，那些台阶还是匍匐在岩石上的，到后来，就有些蹈空了。那些台阶都是錾凿整齐一丈多长的方石条，它们险象环生地排列在云雾中，石条周边即是万丈深渊，整个台阶是靠两道铁索牵引而成的，摇摇欲坠是它的直观形象。任别人怎么撺掇，我和好多胆小的同学都没敢上去。多年后，我还有这样的印象：当时要上去，无异于有点儿慷慨赴死的意味。老师也不让年龄小的同学上，第一次登临，我就这样与“金顶”失之交臂了。

可那“金顶”真是太神奇了，回来后，每每看着那个直插云端的山尖，心里仍有着极大的好奇和恐惧。那间白房子是怎么在山顶盖成的呢？人为什么都要向那么险恶的地方攀爬呢？但那山尖又分明太美太惊艳了，尤其在阳光下，更像是一方黄澄澄的金子，在吸引着冒险家去拥抱，犹如飞蛾面对着美丽的火焰，咋都经不住诱惑，要奋不顾身地扑去一样。终于，我又去攀爬了第二次。这一次，自己总算是摇摇晃晃地上去了。

当真的扶着石梯，一步步攀上绝顶后，那里的空间其实只能容纳三五个人。石雕是一尊观音菩萨，道观，却供着一尊菩萨像，这是中国许多名山的共同特征：儒释道合而为一，塔云山尤为鲜明。这里自古至今都住着道士，但它的主峰、主殿，偏偏供奉的是大慈大悲观世音。

即使在主殿里，我也没敢站直身子，总觉得这间房是漂泊在云海中的。思绪不断穿过在天风怒吼中震颤不已的墙壁，臆想着山脚下我的那出生地，在那里仰望这里，那是怎样的一种高度，怎样一个神奇的所在呀！我现在就置身这个光芒四射的金屋中了。我知道我的脚下，是以万丈深渊作为深度的，就是那无法测量的迷茫深度。金屋的建筑技术，至今都是一个没能破解的谜。几百年前，在一个无法搭建脚手架的绝壁峭崖上，石条是怎么被拉上去的？房坯是怎么矗立起来的？那盖顶的琉璃瓦，是怎么一片片插上去的？尤其是那在太阳照射下，放着万道金光的白墙，又是怎么粉刷出来的？那是需要怎样的胆量，怎样的智慧，才敢作为的事呀！因而，民间只能把这种后人无法理解的传奇技艺的金，统统贴在神话人物鲁班的脸上了。数百年前的那些英勇工匠们，因为没有图纸与文字的记载，一身绝活，便都消散于无常的苍茫云海了。

颤颤巍巍下了“金顶”，我与同行的朋友们，又在乱石仓中，寻找起了好多年前还捡过的一种有字的碑石来。这里已经有所恢复，一个道士不时敲响让山顶更显静谧悠远的磬声。终于，我们还是翻到了一些破损的文字，我又捡了一个“宽”字，它下面那个字只留下了一个无从辨认的脚边，有人说可能是宽厚的“厚”字，有人说可能是宽恕的“恕”字。字迹已有些风化，但字形完整，古朴大气，我如获至宝地拾回来，与“仁”字做了永久的伙伴。

后来我又陪人上过几次塔云山，不再是脚力活儿了，公路已直接盘旋到了山顶，游客也越来越多。“金顶”我只上过那一次，以后再也没敢攀爬。我害怕那种高度，更害怕那种深度。断碑残字再也寻找不见了，只有那金屋和苍松，仍是昨日的淡定模样，任风月揉抚，雷雨摧折，依然沧桑挺拔如故。我也算是经见过天下的一些山水了，但如塔云山这样惊险奇绝的兀立山势，还是见得不多。无论远观，抑或近访，都充满了不二的个性风采。现今说好的去处，大多失望而归，那是诱惑者太能说会道了。而我的塔云山，却一直由一帮实话实说的“笨人”经管着，少了夸大、煽惑、欺诈，多了守株待兔、愿者上钩的仁厚，因而总是没能“做大做强”。我倒是喜欢这样的无为而治。老子讲：“孰能浊以静之徐清，孰能安以动之徐生？”从本质上讲，这样的经营是最符合道家精神的。

我已经离开出生的那片洼地很多年了，但我的书斋号，还叫“塔云山人”。我始终向往着我的塔云山的风采和精神，我知道我永远也达不到那种高度与深度，但“虽不能至，心向往之”，有个方向，赶起路来，心里总是要踏实许多。

2013年10月13日于西安

故乡的烙印

文学是什么？对于我，她是生活与阅读相互刺激、发酵的产物，是对过往生活储存的持续开发整理。无论走到哪里，我都会在一闪念或梦中复现曾经生活与居住过的乡村、城市，有时半夜醒来，会突然发蒙：这是睡在什么地方？

我是一个一生更换过好多次故乡的人，命运注定我是个行者。当我在西安以南大山深处的镇安县出生时，其实离县城还很远，那里许多人甚至一辈子都没进过城。我的出生地是松柏乡，那时叫松柏公社，父亲在那里当公务员。随后，父亲又调到了红林、庙沟、余师、东风、柴坪等几个乡镇工作，我是从父母、亲戚和山民背上移来搬去的。那时觉得世界好大，今天看来，也都只是一二十公里的路程。我在那里获取了对大山的绝对概念和印象，至今描写起来似乎仍然感觉近在咫尺。记忆中的山民，忠厚与善良不仅表现在宽阔的脊背上，更表现在木讷的脸庞与热心肠里，你不需要设防，他就能把迷路的你，指引到山重水复的大路旁。如果说那是第一故乡，在我心头，其实还细细划分着松柏坳、老庵寺、庙沟口、余师铺、冬瓜滩、柴家坪这些不容混淆的更小地标。十几年前，我又把这些地方走了一遍，许多老路已经不在，竹篱茅舍、山间小溪也甚稀罕，更寻访不到好多故旧了，一打问，都说出去打工了。至今，我也常回去，因为父亲长眠在了那里，但我已是匆匆过客。

后来我终于进了县城。那时进城的交通并不发达，很多次都是骑自行车“上县”，中途要翻一个高高的土地岭梁。自行车得顺小路扛到梁顶才能继续骑。遇见下雨下雪天，还需掏钱雇当地的“冰上走”往上扛。自己也得给脚上绑了“铁稳子”或草绳做爬行状行走。一旦折腾上梁，幸福的时刻可就来了！那简直就是“一骑绝尘”般的野马脱缰。不过也有好几次，畅美得跌进排水沟里半天爬不起来。后来这条路越修越好，竟然只有四十八公里，而那时我常常是要骑大半天的，还不算栽进排水沟里揉胳膊揉腿、找鞋找钱包的时间。

县城生活恰恰是我最具青春朝气的时期。那时街上流行红裙子，男士们多穿喇叭裤，且长发飘飘。我都有具体操作实践，并且喇叭裤口不比别人小，扫进裤管的灰尘也不比别人少。飘飘长发永远深深埋藏着耳朵，手表却是要露出来的。即使知道太阳当顶是正午，也会不时抬起胳膊把表细看一二，那不是时间问题，而是“表现”问题。

小城那时才一万多人口，是聚集在一口大瓮一样的底部，瓮盖即蓝天。一条河流顺着山脚蛇入蛇出，形成了回水湾一样的弓背，街道、单位、住家户，就像点进沙窝的落花生，越生越多，地盘也越洇越大，有些端直就洇到坡上去了，又有了些山城风貌。老县志上说，清代乾隆年间有个从湖南来的知县叫聂焘，好不容易考上进士，却被分到穷乡僻壤来做官，很是不乐意。全县当时一共才七百多户人家，满打满算四千张吃饭的嘴，还吃不饱，监狱的犯人却多得关不下。他就特别灰心地想回老家当乡绅去。他爹是个老中医，接到儿子颇有怨言的家书，及时从湖南把家眷给他送来，而且还一边帮老百姓看病，一边到牢房里给那些因饥寒起盗心的囚徒把脉，同时也从中医理论角度帮儿子探索“知县”之道，说只要把这满当当的“监狱病”治得没人可关了，就算没白考一趟进士。官做多大是个够？与老百姓一毛钱关系没有，再大顶啥用？聂焘由此在镇安县一干八年，离任时，户口与人丁都成倍增长。监狱也“十室九空”，都回去打猎、垦荒、筑路、养蚕、缫丝、吊酒、办学堂去了。随后，聂焘果然从山乡小县调到关中大县凤翔高就。那是苏东坡官场起步的地方。但他很快选择了“挂冠离去”，他觉得此生能治好一小县足矣。这个故事，对家乡的人文影响颇大。这是小城“史记”中最温暖励志的篇章。

我进县城时，全县已有二十七万人口，一百二十多里外的西安，是小城全部生活的风向标。有人从西安带回无尽的新潮玩意儿，包括新的生活方式，让小城心脏加速跳动起来。歌舞厅一夜之间开出三十多家。录像厅、激光影厅里的武打枪战声穿街过巷、不舍昼夜。至于台球，几乎街面上能放下一桌的地方，都仄仄斜斜摆满了。凡临街的墙面，一律掏空或凿洞，陈列出色彩斑驳的各种电器与时装。夜半总会被摔碎的啤酒瓶声惊醒，那是要延续到凌晨三四点的夜市在骚动。我印象最深的是这个县城的阅读活动和文学写作热潮，很多青年在无尽的文学杂志带动下，建立起了一个文学梦，并竞相书写起身边的变化来。也不知什么时候，这群人又随着社会大潮的新涌动，各奔前程，进西安、去深圳、下海南、包矿山、跑生意地分崩离析了。只有少数人坚持下来。我也由散文小说创作爱好转向编剧。随后，就以专业编剧的身份调进了西安。

我始终把镇安县城称为第二故乡。因为此前的六个乡镇，无论如何也只能打包成一个故乡了，虽然在我心中那仍是六个不同的小故乡。尤其在儿童和少年时期，那简直是魔方的六个面，哪一面都呈现出非常新奇与独特的“超大”样貌。今天看来，它们的确都十分相似、狭小，但对于当时的我，那就是“走州过县”行万里路了。从地理上把那六小块“魔方”与县城拉近后，我又翻越秦岭，走进了十三朝古都西安。那时对西安的唯一了解，就是我姥爷是那个地方的人。姥爷生在西安郊区一个叫等驾坡的地方，西安周边类似等驾接驾护驾的地名很多。因家口太重，又逢战乱，十五岁时，姥爷即成游民，漫无目的地翻过秦岭，无意间“流窜”到了镇安县的柴家坪。幸喜他有商业头脑，发现这里街面上卖的小商品，比西安贵好几倍，有的甚至十几倍、几十倍，而山货又便宜得要命。他就弄了些兽皮、火纸、药材返回西安，换了仁丹、手电筒、发卡、顶针、五色线之类的“零末细碎”，折回柴家坪卖出。一来二往的，姥爷最后再过秦岭时，就能雇起八个脚子（脚夫）挑东西，还有扛鸟枪、拎铜锤吓唬土匪的护卫。到新中国成立时，家产已是柴家坪的半条街了。后来公私合营，让姥爷做经理，他觉得自己没文化，不会开会，不会讲话，不会念报纸文件，就选择给公家做饭去了。这倒是让全家都吃了商品粮。他一直安安生生活到去世。那时他是柴家坪唯一的西安人。我进西安时，他已作古。每每翻越秦岭时，我都会想到姥爷雇的那八个“脚子”，据说他自己也是挑夫中的一个。难以想象，那时姥爷他们单走一趟需要半个月。而我进

西安时，坐车只需八小时，下雨下雪天另讲。可现在，十八公里秦岭隧道一通，已经把镇安到西安的距离缩短到一小时了。

我在西安生活了近三十年，那是真正的第二故乡。但我心里还是把它定为第八故乡。因为，那六个儿时走过的乡镇，还有县城，太刻骨铭心了。

西安之大，是因秦川八百里骤显阔绰疏放。我有幸住在古城墙下的端履门外，门里不远处，就兀立着两千多年前的大儒董仲舒墓。墓旁的街道叫下马陵，皇帝到此都得下马的。其余入城者，自是皆需整好衣帽，绑好鞋带，呈端方肃虔状。三十年，我始终就住在这个地方。从我家进到端履门，只有八分钟路程。一进门，迎面就是举世闻名的碑林博物馆。即使吃完午饭，溜达着去看几通碑刻，回去稍事休息，也能赶上下午班。如果要上城墙，进门左拐就是阶梯。上到顶端，从城垛豁口看内城，脚下是一千三百多年的唐槐数棵，根须裸露，瘦骨嶙峋，树冠却枝叶繁盛，那才是真正的大唐遗株，依然生命葳蕤，雄强向天。再朝远处瞧，古城就尽收眼底了。昔日的皇城，如今多是寻常百姓住，竹笆市、案板街、炭市街、五味什字，都曾是漫卷的烟火气。尤其是钟鼓楼旁的回民坊，日夜人潮涌动，那更是我常去吃羊肉泡馍的地方。羊肉泡馍是西安名吃，有时为抢到一个座位，会在人后站立许久，看人家细嚼慢咽，直到两腿相互转换重心数次，才能挨上半个臀尖。

从城墙朝南看，一眼就能睄见我家窗户。再远，便可悠然见终南山了。那是一个充满诗情画意的山脉。说到诗，我常常不是一下想到大唐长安的那些千古名流，而是想到一个叫陈学俊的今人，他是中国科学院院士，作为我国热能工程学科创始人之一，业余时间却爱写诗。

我为创作一个舞台剧，曾在西安交大住了很长时间，数次拜访青年时代举家从上海“西迁”西安的陈院士。他们夫妻却更愿意给我吟诵自己创作的诗歌，每每让我这个晚辈坐着，他们站着朗诵，不时还配合以抒情动作。诗中充满了对故土与西部的眷恋。斯人已作古，诗情满长安！这座城市不知孕育催生了多少诗意的人文星斗，华灯初上时，你站在城墙上，仿佛还能听到或正在听到许多超强心脏的跳动声。当然，这里还夹杂着一种特别浑厚的声音，那就是城墙根下的古老秦腔。这是来自民间的腔调，大苦大悲、大欢大爱，它给这个城市铺上了厚厚一层普通生命的精神路基，让大小雁塔一样耸立的地标，似乎都有了坚实而可靠的沉雄底座。

对故乡的牵挂是激情澎湃，也是愁肠百结、绵绵不绝的，更是剪不断理还乱的。在北京，常常一觉醒来，以为是睡在西安的老房里。而在西安，又常常梦见镇安和那六个乡镇的硬板床与土炕。前些年，回老家是常有的事，现在离得远了，已日渐不便。2021年清明节，我回去给父亲扫墓，算是最近一次回第一故乡。每次回去都能听到很多故事，它们是我创作素材的重要来源，有喜兴的，也有揪心的。这次听到的就是一个很揪心的故事。我打听了好多年的玩伴牛娃子，突然有了消息。那是儿时的“铁杆”，但已死去十几年了。他是开拖拉机摔死的，为一家老小奔日子，拉一车山货，连人带拖拉机扭麻花一般被扣到了沟底。他的生命定格在三十几岁，而他的音容笑貌在我心中终止于十一岁，后来再没见过。那时他上树、攀岩比猴子更利索。我是吃过他掏的鸟蛋，在青石板上煎成的蛋饼。家乡人为过上好日子，可是要比山外人多付出数倍，甚至十几倍的代价，但他们依然在朝前奔突着。

如果抽象地说，故乡既是山川、风物，也是亲情、友情与祖宗的灵魂所在。总有人出走，到天下去闯荡，也总有人回来固守。我大伯父的儿子就把祖坟守了一辈子。我祖爷爷是武昌战乱与发大水时，沿汉江而上，企图寻找“世外桃源”而来到了柴家坪。可柴家坪也不安定，他就又攀到对面一个叫上阳坡的酷似母亲怀抱的山洼地带安顿下来，从此繁衍生息，坡前坡后就都是陈姓人家了。我爷爷是读书人，做过柴家坪中心小学的校长，自是要求儿女也识文断字。我父亲和二伯父都给公家做事。大伯父文化程度最高，却选择了“耕读传家”。过年时，我见他给人写对联，红纸能铺满碾麦的大道场。他已作古，可他的长子已然“钉”在了上阳坡的老宅子里。我们都叫他大哥。大哥也识字，能读《水浒》《三国》和《七侠五义》，但职业却是犁地的犁匠。那把木犁我抚摸过，儿时也试着犁过，木犁却扎不进土地的深处，总是让两头牛顺地皮拖得飞跑。而在大哥的手上，扶犁简直是一种享受，只单手握把，另一手执鞭，留下嘴跟牛说话。有时一面坡上就他和两头牛，却能说一天，像在骂，但更多的是指引与鼓励。大嫂子也是犁地的一把好手，大哥累了，她就接过犁把，把牛吆喝得麻利而顺溜。他们有个共同爱好：喝酒，喝自己吊的苞谷酒或甘蔗酒。度数不高，不上头，说很解乏。家乡有句俗语：早晨三盅，一天威风！他们不仅早上起来一人一壶，中午也是一人一壶，晚上回去还是一人一壶。吵架不多，打架稀疏，一辈子过得还算和美。最痛苦的事，是大儿子出门挖矿挣钱，塌断了腰，后来到底去世，两口就越发的爱喝。有时还划拳、猜宝、打老虎杠子地喊几声。晚辈让到河边镇上去住，他们说太闹腾，就守在离祖坟一百多米远的地方，早出晚归地对牛弹琴似的歌唱。山前山后的土地，在他们的耕耘中，还始终保持着我儿时记忆中的生机。他们都已是七十多岁的人了，但仍能吃能喝能干，日子也殷实，灶头的腊肉吊着几百块，瓮里的自酿酒囤着上千斤。我总想，大哥才是故乡和土地最忠实的守望者。我们走得再远，大哥都像定盘星一样死死扎根在真正的故土上。我的文学也从这里生长起，并努力想在故乡以外有所收成，但根本上还是想把那么多故乡的烙印，也可以说是时代与历史律动的微声，以发酵过的方式，传递给更广大的世界。

应约为《光明日报》“文学里念故乡”栏目作

2023年2月12日于北京

我的西安

西安人说“西安”，叫“额西安”，“额”是“我”的意思，但比“我”更丰富，似乎有自豪与夸耀的成分。我不是地道的西安人，所以从来不说“额西安”。我来西安是四十多年前的事。第一次是瞒过家人偷着来的。听说西安好，从西安来的人，穿戴谈吐都不一样，洋气得很。而身边凡去一趟西安回来的人，也似乎有了“朝过圣”的感觉，看人都是眼皮向下耷拉着。我便也想去朝朝圣。那时朝一次“圣城”可是太艰难了。早上五点多就朝车站赶，下午五六点才能到“圣城”西门外的一个停车场落停。人是摇散架了，可要摸进城中心，去看具有象征意义的钟鼓楼，还需走一个多时辰。难怪说我家乡镇安县的县长，在解放初进省城开会，骑一匹瘦马，腰上挎一个防土匪的“盒子炮”，来回要走半个多月。

我在自己创作的第一部长篇小说《西京故

事》中，有一个情节完全来自真实感受。那就是罗天福送儿子罗家成进西安上大学，当汽车从“仰脸只见一线天”的秦岭深处，一下“跌进”八百里秦川时，罗家成不由自主地张大了嘴巴：世上还有这么宽阔的所在，真正的一马平川、一望无际啊！那正是我第一次从秦岭七十二峪之一的沣峪沟口钻出来，初识西安时的无限惊奇与惶恐的写照。大地阔绰得有些不真实。也许与阳光有关，那天迫近西安时，我甚至有一种凡·高被暴晒后的神经错乱感。印象中，整个关中与西安都是金黄色的，远处还有隐隐约约闪烁着的芒刺。我在向一座金色的城市靠近。而后来，我就成了这个城市的一部分。

西安人说“额西安”时，眉梢是要上翘一下的，下意识还想捕捉一下你肃然起敬的眼神。比周秦汉唐还早几千年，这块土地上就留下了不少文化层。无论哪个工地说挖出了什么宝贝，也只有文物部门会惊喜一下，对于市民，那就是突然有一天，翻出了他爷、他老爷、他老老爷用过的什么物件，但见翻，准有，也就那么回事了。你说谁家有几块秦砖汉瓦，也不见得你就比别人能特别多少。我书法案几上用了好几年的镇尺，突然有一天一个文物专家来无意间翻了翻，说是唐代一个厨子用过的菜刀把。这个厨子肯定是个名厨，上边刻了一段蚊子腿般细密的文字，拿放大镜一看，是给外国使节做过菜的记录。我还说赶紧藏起来呢，却突然不翼而飞。飞也就飞了，过几天，又有人给我拿来一个晚唐的剑柄，烟熏火燎、残缺包浆得有点比晚唐更早一些的感觉，上边镌刻着“杜牧之剑”四个字，不过字迹已斑驳如草蛇灰线。我乐坏了地又找文物专家来看，专家扑哧笑了，说是假的，制作时间不超过三个月。

我是因做专业编剧调到西安的。编剧是个好职业，不用坐班，一年四季都由自己安排时间。我从秦岭深山中带来一辆飞鸽自行车，每天除了读书写作外，就夹起车子满城乱飙。那时还真能飙，不像后来，人多得没了自行车的路。我尽量想把西安的旮旯拐角都转遍，后来发现不是那么回事，你上个月转过的地方，下个月再来就不见了。要么成了马路，要么就有新的楼盘正拔地而起。我把自行车由新骑到旧，由有闸骑到拿脚尖代闸，由铃声清脆骑到笨如木铎声，终于还是把西安没转完。不坐班的好日子很快就结束了，那辆自行车是我认识西安的“宝马”“奔驰”。很多年后，我从废弃的自行车棚里把它翻出来，前边的铁丝框里，还放着磨损折叠成鱼鳞状的西安老地图。

我喜欢这个城市的诸多文化地标，更喜欢蓬勃在皱褶里的市井拥闹喧哗。我去大雁塔、小雁塔，上钟鼓楼、古城墙的次数，永远不够去早先的竹笆市、炭市街、德福巷以及现在仍烟火漫卷的回民坊的零头。“额西安”人，不能提长安二字，一提都能给你叨咕一长串有关文明与文化的古今来。我也不例外，叨咕起来不知道人家有多烦。我爱跑步、走路，那就从跑步、走路说起。有一年，几个朋友突发奇想，计划一礼拜走一回全长十三公里多的古城墙。上城墙的门票是四十元，为了节省费用，徇情钻眼找熟人弄了几张年票，上面还贴了照片盖了戳，一人花一百四十元，三百六十五天任你走。几个人也整好装备，女同胞还买了遮阳帽，捂得跟放蜂人似的严实，可错来等去，只上去走了一回，直到票废，都再没走起来。由此让我想到长安的几个老“走家”，那可真是说走就走，直走到青丝白发、地老天荒。首先是汉代的张骞，堪称那时的第一“名走”，也被誉为“第一位睁开眼睛看世界的中国人”。司马迁称他出使西域为“凿空”，就是打通的意思。由此让中原与西域的商贾、有司、文人、僧众、旅游家、探险家纷纷

“走起来”，直走出个平等交易、契约精神、尚和大同的丝绸之路来。并且张骞还一走再走，那可是提着脑袋在走，也不一定有合脚的旅游鞋，更没有防晒霜，还屡遭恐吓、囚禁、暴揍，多数时候都把自己走成了“鬼”的模样，但世界终于在他脚下走出了阔大而开放的格局，还有现代文明的万千气象。

再一个“走家”是玄奘。我觉得他就是鲁迅说的那个去“舍身求法的人”。他一走十七年，可能比《西游记》里的九九八十一难还要难些。看《西游记》时，连我们这些俗人也是想去走一回的。你挑着担，他牵着马，包袱都由众徒儿挎着，自己的座驾还是白龙神马，骑着也不一定太过好受。路上遇见的苦难也多是些由孙悟空挥挥金箍棒或跑跑腿、磨磨嘴皮批评一番“诸神”，就能解决的问题。再就是要留下他当金龟婿、驸马爷的那些桥段，对方也都长得很负责任的“貌美如花”，细想一下也都不是太坏的事情，小说家的隐喻象征，以及“恩仇快意”，其实远不及实际生活来得椎心泣血。好小说家不是卖惨的，而是在造像铸魂，以此牵连出盛大的人间哲思与精神共情。吴承恩当属这类小说大家。而玄奘之“走”，在《大唐西域记》里，都有翔实记载。他用脚丈量了两百多个国家，被誉为“佛门千里驹”。这是真实存在，也是事后轻快的人格礼赞。但一个生命在当时境况下的无穷挫折、心绪浩茫、精神孤独，以及沙漠深处的现实绝望同肉身撕裂搏斗的修行拷问、吊打，都是常人难以想象与企及的。最终所冶炼出的那个东西叫信念、叫学习、叫借鉴、叫融合、叫开创、叫度人度己。玄奘在盛唐的这一走，一直都是“额西安”人一说起来就要去大雁塔走一圈的高古情牵。

我还要说一个“走家”司马迁。那也是真走。从青年时期就到处

游历，能在外面一走三年不着家，具备了洞穿历史与现实的深远目光，许多传说与古战场，他都要以亲历目见的准确性，去重新阐释新的发现与精神内涵。我们今人日用不觉的许多特质，其实都与司马迁有关。比如对普通人的价值认定，对失败者的同情宽容，对没混出名堂者的优秀一面的阐释“点赞”，都具有对中国人哲学思辨能力与精神世界的丰沛塑造力。他的“走动”，尤其吸纳了民间社会的丰富滋养，除帝王将相的正史外，大量书写了“不入流”者的开阔“生死场”，这是人民性的真正体现。包括他对商人与市场的论述评价体系，在今天看来，也不能不说具有穿越数千年时间隧道的胆识与眼光。创造财富的商人，于世界社会历史的叙述中，都是不招待见的人，但无论任何社会组织与个人都无一不爱钱。司马迁在《货殖列传》中深刻指出：货殖“上则富国，下则富家”，“人各任其能，竭其力，以得所欲”。他反对从唯道德视角去看待商人，讲到了一个巨大的现代人格观念，干啥的一律平等，何况为我们创造财富的商人。张骞、玄奘、司马迁这三位历史上的伟大“暴走者”，要么向外求，要么向内求，都在广宇与内心的苦苦求索中，开创出了深邃的文明与文化刻度。因为他们都在长安工作过多年，因此，“额西安”人不说他们就不认为自己是个懂得西安的人。

人是环境的产物。那么多人在长安把路都走成了，我们就不能不学着走。长安人历史意识与模仿前贤意识很强，随处可见奔跑与暴走者。有些人每天能绕着老城墙根打一个来回。但还有一些人却走得很远，几乎在世界的每个角落都有长安的奔跑者与行走者。不过多数终归还是要在原地打转，原地行走的。他们也走得很坚实。比如一个叫朱东生的行者，我在长篇小说《装台》里就写过他，那里面叫刁顺子。

小说与电视剧出来后，朱东生找过我，说谢谢我写了他，我在谢谢他的同时，也告诉他，那是“额西安”千千万万个顺子的缩影。比如小说里顺子的女儿很不孝，你的女儿多孝顺啊！人家顺子快娶第四个老婆了，你娶过吗？他笑了。但顺子身上的许多优秀品质，朱东生身上都是有的。我从认识他那天起，就多次见他穿行在西安的大街小巷。一辆三轮车上，到处都包着防护布和塑料薄膜，可能是用来保护那些要拉的货物与家具。有一次我见他插了满满一车玻璃，不是骑，而是弓着身子拼命朝前推。那玻璃是随时都会倒向一侧的，而他就在那一侧用脑袋和肩膀防固着。六十好几的人了，见天还在装台、拉货、行走。有一次，我见他在文艺路等活儿，身子仰躺在三轮车里晒着暖暖（太阳），我说：“还拉，啥年纪了？”他一笑说：“不动弹，就早早死髒[①]了！”

五年前，我离开了西安，每每回到长安上空时，看着舷窗下的大地，总感觉很多古人仍在场，张骞还在西行的路上跋涉，路途似乎还很遥远；而玄奘已驮着经书回到了长安。那纵横交错的西安街区，比汉长安、唐长安城不知大过了多少倍，生命烟火与夜长安的浩大金色轮廓，升腾起万丈光芒来。想朱东生们的三轮车，也正在如织的人流旋涡中蛇形避让、钻穿、推进，那铃声虽然单薄，却依然阵阵入耳。

2023年12月19日于西安

① “死髒”是西安方言。

隆重推荐我们的孩子

一个家庭，如果有了孩子，就立即显得生机勃勃；一个院落，如果有了孩子，就迅速变得春意盎然；一个单位、一行事业，如果有了一群意气风发、春光灿烂的孩子，那简直就是这个单位的莫大幸运，是这行事业的又一次旭日东升了。秦腔事业就迎来了这样一群孩子，走过了七十年风雨历程的陕西省戏曲研究院，就拥有了这样一片希望，不由人不偷着乐。

孩子们是2002年走进这个大家庭的，来时平均年龄才十一二岁，是一些毛嘟嘟的娃儿，眉眼尚未长开，对这里的一切都感到神秘、怯生着。孩子们经过五年多的学习，不仅眉眼长开了，个子长高了，对这里的一切不再有神秘感，而且还都有了想展露个人艺术才华的渴望。他们已经排了好多戏，青春版《杨门女将》，一经亮相舞台，便赢得了满堂掌声，社会方方面面，提携呵护备至，鼓励赞赏有加。传统经典大戏《龙凤呈祥》《周仁回府》《铡美案》等也即将出炉，还有五十多个折子戏，或见观众，或正在雕琢磨砺中。一批孩子已崭露头角，另一批孩子，正在挥锄春播，渴慕着禾苗早日破土拔节。

他们吃了太多的苦，与同龄人相比，他们的童年和少年挥洒了更多的汗水和泪水。人常说，学艺的孩子是没有童年的，这话很到位。我常常看到一些提着乐器的孩子，在父母的呵斥下，眼含泪水地去接受五花八门的考级训练。尤其是学民族戏曲的孩子，小小的就离开父母，虽少了嘟囔呵斥，但也少了无法替代的父爱母爱，往往让人感到一种生命的无助和孤单。他们出的力最大，学的时间最长，付出的心灵痛苦最多，但获得的回报，有时不及其他艺术门类的十分之一，甚至更少。因此，为民族艺术献身的孩子，是值得我们关爱和珍惜的。

这是一个创造艺术辉煌的时代，但也是一个最容易产生艺术泡沫的时代，一些太浅薄的东西，反倒被吹嘘得五彩缤纷、虚浮肿胀。所谓浮躁，就是有些声名、利益获得太容易，而导致的社会心态失衡和价值倒错。我们的孩子始终耐得寂寞、清贫，稳扎稳打，循序渐进，直至学业有成，实力渐显，这是他们让我们爱怜的重要原因。他们是在凭实力往出搏杀，民族戏曲艺术的成才本质已经教育他们：任何企图一蹴而就的截获，都是经不起时间检验的，是昙花一现的。只有经过了艰辛的刻苦锻造，朴朴实实地从泥土里生长出来，渐渐长大，才是底气充盈的，才是浓香持久的。

我们的孩子还有很多优点和弥足珍贵的品质：他们团结协作，相互欣赏推崇，他们十分珍惜少年友谊，珍惜团队荣誉，让人感到一种凝聚和奋发向上的力量。尤其是他们都渐渐懂得了文化课学习的重要

性，在中专课程学习完成后，进入大专学习，竟然都考得了让我们意想不到的成绩，令人喜出望外。这真是一群好孩子，一群阳光的孩子、可爱的孩子，他们已用自己的行动，向社会展示了他们的风采。尽管羽毛初抖，尚有不足，但他们的努力，已坚定了我们对这行事业的信心。在他们即将组成新的演出团体、全面亮相秦腔舞台时，我们隆重地向社会推荐这群有出息的孩子，让我们给他们充分的信任，共同托举起他们，走向三秦大地，走向全国，走向世界。我坚信民族戏曲的优秀人才，一定会在他们中间大批产生，这是一个不会落空的期待。

2007年12月8日

世态百相

看书是要回到源头的，
也只有回到源头，
才能在『新渣滥泛』的书市中，
不至于眼花缭乱得如堕五里雾中。

看球

四年一届的世界杯刚刚过去，真是热闹扎了，看球的、赌球的、评球的，围绕着球策划活动扬名的、做生意的，真是应有尽有。作为这个世界上的过客，遇上这样的热闹，自然也少不了要往里插一脚。你不插，这一个月就几乎融不进社会，什么场合人都拿球做比喻，动辄把满场人就笑翻了，你还不知所云。无论政治的、经济的、文化的，似乎都能把球套进去，拿球说，好像什么都容易明了、透彻、深刻，甚至释然，这球不看还了得？最重要的是有脱离群体的危险，什么不能干，怎么要干自绝于人民群众的事呢？再忙，再累，这球不看是不行了。

我每晚拖着疲惫的身子走回家时，老婆孩子就已经把频道锁定在央视五套上了。我鞋一脱，往沙发上一卧，就算走进了世界杯。茶几上放着个大西瓜，开了盖，里面放着勺子，我常常下意识地就会去挖几下。第一局的上半场一般都能看完，广告出来时就鼾声如雷了，这实在是对支持足球赛转播的商家有些不大敬重，可那瞌睡就是让人文明优雅不起来。因此，我始终没弄清，都是谁掏钱让我们这些东方人占了看西方人搞活动的便宜。电视里突然一阵炸堂，我会吓得浑身一抖地睁开眼睛：进球了，差点儿进球了，进了点儿边边又旋出来了。热闹过去了，我挖几勺西瓜，那眼皮便又会撑持不住地耷拉下来。有一晚上电视里突然喊起“万岁”来，吓人一大跳，我是经历过一点儿那个岁月的，那种声音不由得人不从沙发上弹跳起来，直到发现一切都安详如旧，才骂了一声“神经病”又睡了。鼻鼾有时也会把自己打醒，但并不影响一浪高过一浪的鼾声卷土重来。也不知睡了多久，第二局的高潮就又来了，这时我会坐起来，再把西瓜挖几下，看精彩回放，听说客煽情，吃得满嘴爽快了，又倒头睡下，等下一轮高潮的惊魂。一般来说，十六强以后的进球，我还都通过不同的方式看到了，每一场的结局，也都在一个大西瓜挖得完全见底时了如指掌了。尽管不像人家行家说得头头是道，唾沫星子乱溅，但他们说啥我还都能心里有谱地点点头、颔颔首，也就算是终于没有在世界杯这个“大是大非”面前，稀里糊涂得不知如何立足、表态、站队了。

当然，其中也有因表态不当、站队有误，而差点儿没惹出乱子的事发生。那是英格兰对葡萄牙的四分之一决赛，女儿是英格兰的铁杆球迷，为看这场球，下午一放学回来就睡了，公然违抗老师的作业布置，对抗母亲的监督管理。静夜时分，提前上好的闹铃一响，一骨碌爬了起来。她母亲也跟着卧到了沙发上，从一开赛，家里便分成了两派，我不得不支持她母亲的“正义行动”，我们始终说“牙”好，故意把英格兰砸得一塌糊涂，并坚定地预言，葡萄牙必胜。谁知结果“牙”

还真的把英格兰给撕扯了。女儿哇的一声大哭，我才意识到把大乱子惹下了。这一晚的思想政治工作，可是比平生的任何一场都费智慧、费口舌，我突然感到了不从实际出发而事后开展政治攻势的苍白无力。直到后半夜娃自己瞌睡了才算了。那一晚上的那个大西瓜只挖了一半，咋吃咋没味道，第二天给扔了。

一个月的球赛，让我感到特别欣慰的是，始终睡在“世界杯”旁，还始终没有误工作，并且把比脑袋大的西瓜，掏空了好几十个。这对今年不景气的西瓜市场消费，可算是做了些比较实际的拉动工作。单从这个意义上讲，球也算看得值了。

2006年8月6日于西安

看戏

我几乎天天都要看戏，这是工作。有些戏迷说我这工作美得很，我说见天让你吃鲍鱼，你试试。戏迷一想，也是，再好吃的东西，一年三百六十五天不换汤头地吃，放谁也有厌烦的时候。有些戏我从剧本一遍遍修改看起，直到安场、细排、两结合[①]、三结合[②]、彩排，每个环节都得过一遍甚至几遍，真正到看演出时，已烂熟于心了。戏的起、承、转、合，故事，悬念，甚至连一些关键道白、唱词都一脉清知，脑子里只有漏洞、缺憾、事故，看戏的所谓艺术享受早已荡然无存了。通常所说的专业人士，我想就是指的这一类只会挑毛病，而很少发现好处的人，当毛病越挑越少的时候，再看这个戏的意义就不大了。

全国每个地方都有一些以看戏为生的人，京

①指演员与乐队结合。

②指演员、乐队、舞美结合。

城集中的尤其多。他们每人每年看戏都在一百场以上，天上飞，地上跑，遇上会演，有人一天看三场，常常会在座谈会上张冠李戴，说《周仁回府》哩，却把《游西湖》里的人物拉出来遛一圈，容易把人弄得不知所云。但有一点，他们的意识深处，也是在拼命找毛病，毛病多的自是"烂戏"，毛病少的自是"好戏"，有暗中交易者，当是另一种"戏"了。总之，职业习惯使这帮特殊的看戏人，也不会产生更多的看戏快乐。

真正快乐的，当是戏迷和愿意走进剧场的观众了。他们是带着审美情趣来的，业内的细微毛病，他们不易察觉，只要大的关目合辙，便会顺着剧情自然而然地往前跟进，直到高潮迭起，掌声雷动，闭幕后久久不愿散去。这是真正的看戏。我平生见到的最伟大的观众，当是关中道的老农，他们是剔尽了一切外在形式与豪华设施，而真正走进戏剧脏腑的朴素看戏者。他们一般是闭起眼睛来听的，只有在唱腔、白口出现了他们所认为的失误时，才会睁开眼来向台上睃一眼，看是哪个角儿出的洋相，等一切又入辙了，他们会再回到那种特别的"看戏"状态。我以为恰恰是这部分观众，在对非物质文化遗产进行着带有根本性质的保护，而我们这些看戏人和所挑的毛病，有时可能是事与愿违，甚至背道而驰的。

不管我们承认不承认，其实今天压倒一切的精神是市场精神，一切都用市场化衡量，我们的许多传统文化，便会在这种衡器的考量下灰飞烟灭。艺术既要注重市场，更要尊重其对人的情感价值，如果我们在市场化的浪潮中，要求每一幅画、每一幅书法、每一本戏都能变成现金，或以赚取现金的多少来评判作品的优劣，那么在未来的某一天，可能我们会发现这一代人生产的多是泡沫和过时的垃圾。由此，

我在想我们的看戏和挑毛病，是不是缺乏了关中老农身上的精神定力和悠然自得？艺术是寂寞的，这是几千年的实践总结出的铁律，我们突然想让它在一夜间火得跟房地产、股市、洗脚房一样，恐怕多少是会有些出力不讨好的。我们更多在市场原则前提下生产艺术。什么时尚往里塞什么，什么赚钱往里填什么，迟早会把包括戏剧在内的所有艺术品都打磨得什么也不是的。艺术是人的精神润滑剂，不是生猛海鲜、灵丹妙药，吃下一口马上就能制冷或发热。艺术对于人的作用是水盆显影式的，她应该有一种超然物外的优哉游哉感。面对无所不在的市场原则，我越来越感到了职业看戏的后怕。

2006年8月7日于西安

看报

看报已经成为城市人之与早餐一样不可或缺的必要补充了，有没有营养都在其次，早餐有些也未必是有营养的。据说油炸食品吃多了还招祸哩，可不吃总是不行，不吃半上午就撑不住。报纸照说没有早餐这么物质、这么实际，可看习惯了，哪一个早上突然不看，就有点儿像没喂早点一样闹饥荒。我几乎订全了这个城市的主要报纸，每在早晨上班前先要呼呼啦啦翻一遍，过过标题，看看奇闻，再瞧瞧熟人的行踪，拣重要的放起来，等中午吃完饭了再躺下仔细看。有时一连好几天都找不到值得细看的文章，午睡前就只好翻杂志了。

到了外地也是一样，进宾馆一住下，就先去找报亭，抱回一堆当地的报纸来，从头至尾翻一遍，就好像知道了这个城市的一些底细，出门走路，也觉得踏实了许多。即使到了山区小县，也

喜欢找来当地的报纸看一看，许多模式化的东西让人看着看着就笑了，但里面也总有能够提供你熟悉地方风土人情的只言片语。

我不是报人，却有着报人的癖好，一同出门的人老觉得可笑，我就说，这就跟人爱洗脚一样，那脚真是需要天天找人连捏带搓带敲打的吗？看报更多的是获取信息，看得少了容易轻信，看得多了就会形成自己处理信息的系统。我们虽然生活在一个几百万人口的城市，但生活半径就那么大，有时连同一条街发生的事都不知道，试想，没有信息传播那还了得？人总是想知道更多未知的事情。行将就木的老人，很少有不盼望活下去的，而活下去的最根本愿望是想再经经世事。这个世事不就是更多的社会人生信息吗？因此，看报是满足人生经见世事这个精神愿望的重要途径之一。

但报上所经见的世事，有时也有很大的片面性和遮蔽性。我是文艺中人，恕我只能谈文说艺。譬如某明星生孩子，某艺人婚变，某美女鼻梁和乳房都是假的，等等，这也倒是让人经见了世事，可经见完了，又总有一种哑然失笑感。这些世事不是不能让人经见，但有必要从那明星"纸里包不住火"起，一直炒作半年，甚至还要后续追踪月余吗？有些城市的报纸，似乎更能显示出一种自信，总是在讲自己的人物，自己的故事，自己的新作，自己的品牌。有些报纸就完全是在当"文抄公"，信息大多来源于网络，你走到全国各地都能见到相同的标题，相同的照片，相同的婚外恋，相同的变性术。好不容易看到属于自己城市的一点儿报道，大多只有二指宽一绺，塞在某个角落，从标题到内容好像都生怕让人看到了影响发行量似的。生意要做，市场要进，但真正意义上的文化传播，恐怕也不能不兼而有之地有所担当吧。

我一年翻过的报纸能卖几百块钱，出差还损失了不少，尤其到香港，买几份报就是几斤重，待上几天，就把几十斤废报损失在宾馆了，看完似乎也就完了，能留下的信息并不多。我常想，这真是很大的损失，可作为报人，正是读者的这种损失，才带来了他们的巨额利润，因此，我也常常有一种贡献的自豪感。我天天在不满意着这些报纸，但天天又在来回翻动着，不看似乎就惶惶不可终日，我想这也就算是人家把报纸办成了吧。你想，咱都看上瘾了，还能说人家“戏”不好？

天天早上起来有一堆报纸看的人生，不亦快哉。

2006年8月8日于西安

看书

这个话题说的人太多，但见说，就有卖弄看书之嫌，可话又说回来，如今看书还值得卖弄吗？傻乎乎的，与“时间就是金钱”“效率就是生命”甚不搭界，说来道去，岂不惹人耻笑？可看书的人，一遇见好书，就爱分享读过的体验，就有推荐给朋友的恶癖。几年前我看熊召政的《张居正》，高兴了，先后买过六套送人，后来“检查”时，发现一个也没读，从此我便再也不做花钱还不赚吆喝的傻事了。看书就跟挖耳朵一样，舒服了，自己偷着乐去，何必非要咦哟嗬嗬地把受用喊出来呢？读书人这个爱吆喝的毛病真是讨厌得很。

小时候看书很简单，大家都熟悉的就是那么几本，或者几十本，仅《西游记》《高玉宝》我就看过好几遍。有一段时间中外名著解禁，记得那时弄钱还不是人生主要目的，全民把书读得如饥似渴，我也跟着看了个昏天黑地。后来经济建设了，谁不知道抓钱，好像谁就无异于“瓜欢”了，除了学生被逼无奈，还气鼓气胀地在为未来能赚更多的钱“不要命”地读书外，自己觉得需要看书和觉得看书还有用的人，就越来越少了。奇怪的是，看书的人少了，书却几何级增长般多了起来。开始进书店还能买几本，后来就买不成了，一是本本都是“精品”“极品”，个个作者都是“大师”“泰斗”，且精装、线装、丝织、木烫，更有甚者，干脆拿黄金滴鎏嵌镶，把个让人看的书，弄得翻一下还得戴手套，书的本来意义就荡然无存了。最让人迷糊的是，同样的书，“穿一个马甲，好像就认不出来似的”，左策划，右包装，拉长抻展，加水掺沙，一部“三国”，“干煸”了“水煮”，“容嚼”了“易品”，把个读书视线，搅扰得比电脑遭遇了病毒还模糊混杂。

其实孔子的《论语》才一万五千字。据不完全统计，仅对其进行注解、品读的书籍就有两千三百多种，如果盲目进入，恐怕一辈子也钻不出来，何况还有新的解读“大师”，在源源不断地输送着更新的“精品力作”，你把这一辈子都搭进去能弄灵醒了？前年我接受一项任务，要写一个“司马迁”的电影剧本，先后用了八个月的时间通读有关史料。刚开始找传记，仅在西安市面和朋友家中，就搜罗到十一种之多，读着读着慢慢发现，好多说法相互矛盾，让人不知所云。有些情节又连文字都几乎一样，让人怀疑其中必有“文抄公”。后来我干脆用三个月时间啃了五十四万字的《史记》，才发现好多传记都是用《史记》里的情节杜撰的。比如写司马迁“少年壮游”，干脆就把《史记》里涉及的人物故里都走一遍，话是《史记》里的话，事是《史记》里的事，无非找些不同的老婆老汉再说一遍，情节与语言的雷同也就可

想而知了。读了《史记》我才发现，我们平日挂在嘴边的许多成语、掌故，原来出处在此。如果仅靠品别人的唾余，那许多书的妙处都是读不出来的。从这个意义上讲，看书是要回到源头的，也只有回到源头，才能在“新渣滥泛”的书市中，不至于眼花缭乱得如堕五里雾中。

古人宋濂、袁枚都说过，真正看书，借是最好的办法，借来你会珍惜，并且人家屡屡催促，你会看得又快又认真，好的地方还会抄下来。这也是避免买书上当的一个手段，不过今人一借去就忘了，还不大好要，书又不是股票、优惠券、打折卡，何必要看得那么贵重呢？总之咋弄都不对了。可无论怎么说，书真的是多了起来，比起鲁迅用别人喝咖啡的那点儿时间读书来看，我们的时间也实在不缺，缺的恐怕只是看书的精神需求和人生必要的优雅了。

2006年8月8日于西安

看人

人这家伙，是最不容易看清楚的，初看眉眼都差不多，细一琢磨，差别就大了。我所说的看人，不是组织部门考察干部，一看政治表现，二看工作能力，三看社交圈子等；也不是谈情说爱，配对相亲，先看个人能量（现有物质装备、财力储存和未来发展空间），再看家庭背景（政治经济状况以及穷亲戚拖累等），也看年龄相貌（只要前两项达标，这一项仅供参考），等等。这里要看的人，是生活舞台上频繁交往的熟人、普通朋友、同事，以及见过一面或者几面的人。有些人见一面，终生难忘，有些人常常谋面，却形同陌路。有些人见上几面就够了，有些人几天不见，就想得发慌。其实真正的人生交往，就是情趣相投的精神契合。任何物质的互换带来的兴奋都是短暂的，而物质与精神的换算交换，掀起的也是特别脆弱的高潮。唯有趣味相投，才能相携久远，所谓“君子之交淡如水”，就是这种剥离了物质基础的相互欣赏和吸引。

有人说，看一个人，仅需要与他旅行三日，便把“蹄蹄爪爪”都看透了。这话有一定的道理。有些人，坐车先抢好座位，住店先抢安静向阳的，进了房还要抢床是靠墙的，吃饭乱点一通菜，酒喝足了还闹着要再开一瓶，临到买单时，一头扎进厕所咋都尿不尽。等人家结了账，他跑出来一边扒拉着钱包，一边还要埋怨别人如何瞧不起他，没让他付款表现。等再次下馆，他还是在关键时候尿急、尿频、前列腺肥大。不等三日，人就想把他清理出去。据说日本的有些企业家在选拔管理者时，先要与他打一场牌，看他在面对金钱和输赢时的态度与做派，如果那人连诈带蒙带偷带无赖，赢了喜形于色，输了怒目相向，结果自然是可想而知了。人生都是从大量细枝末节看大节，所谓“患难识知己”的大关目，毕竟不是每个人都能寻常遇见的。因此，“细节决定成败”论，在人生看台上，也是一种异常独特而又深刻的洞见法。

我平生最不喜欢的是那种忽冷忽热的人。热的来了，就像嚼过的泡泡糖，粘在身上咋抠都抠不离，那多半是有求于你，一旦事毕，或是没能满足，立马变脸失色，行风走暴，视同路人。过一段时日，他又会突然忘记一切仇恨似的猛扑上来，阳光灿烂得让你大汗淋漓，胶着黏糊得令人毛发倒竖。紧接着，便会有更难缠的事摆上桌面，那种作冷作烧的阴晴无度，确实把人弄得进退不是，哭笑不得。坊间把这种人生交往法称作“热粘猛趔型”，确实形象生动至极。其实人与人之间的交往，更应该有一颗平常心，任何用力过猛的经营都会适得其反。

我有一个朋友，交往十几年了，他无求于我，我也无求于他，无非就是隔几天在一块儿喝喝茶、聊聊天，有时也打打牌、洗洗脚，说说布什、拉登，谝谝警察、小偷什么的。每年我母亲过生日，他会排开手头所有事，跟我回一趟老家。他母亲过生日时，我也会尽量到场，实在去不了，就捎点儿心意去表示表示。我唯一向他索取的是，每当写下新文章，先要对他发表一次，管他爱不爱听，我总喜欢压住他硬念。有人问我怎么跟他交道了这么长时间，我说：我们第一次在一起吃饭时，见他把剩菜打包，出门后给了街旁的一个乞丐，这让我们都有些不好理解。他说他是可怜人出身，见了比他可怜的人就想给点儿帮助。以后他始终保持着这个习惯。我想在我有困难时，也许只有这种朋友是靠得住的。

2006年10月4日于西安

看字画

也只有在盛世，字画才值了钱了。我们每天都能听到，谁谁字价又涨了，谁谁画价又升了；谁谁是胡吹呢，有价没市；谁谁真的红火，去家里排队都拿不到手。我不倒腾字画，却是个字画爱好者。鉴定不了字画的真假，不敢妄论笔法、线条、用墨、布局的高下，只在喜欢不喜欢、养眼不养眼的层次上瞎晃悠。有时见书画朋友面对一幅作品，立马能辨别出真假，感到很神奇，更感到自己与书画的真正距离。但这一切都不影响我对字画的爱好，就像认不清真假名牌，并不影响我穿衣服一样。打假是那些专门关心打假的人的事，虽然这种做法显得有点儿对社会不负责任，可我真的认不出来，还能装？

西安真是个好地方。虽然从上海回来，感到这儿太干燥，卫生也不怎么尽如人意；从北京回来，感到这儿有点儿小，楼房也没有人家气派。

但住久了，对旮旯拐角熟悉了，就觉得这地方，特别适合人居住，尤其是适合有点儿闲适感的人居住。上海那地方，容易对人产生经济压力，没钱，好像不大好玩。北京那地方，容易对人产生地位压力，没级别，好像活得也不大爽快。西安这地方，就散淡多了，温饱解决了，大小有个能吃饭的差事，活得就滋润了。也许是几千年历史文明浸润的结果，面对碑林、雁塔、钟楼、古城墙这些沧桑遗迹，历史视野大了，看得透了，对眼前利益就会淡然一些。淡然有淡然的方式，人吃饱了，穿暖了，总得有个精神寄托。古人有寄情山水的，有寄情诗词的，有寄情字画的。今天，寄情山水的，出去逛就是了，虽然不是过去那个意义上的寄情山水，但坐着飞机、轮船、火车、缆车，把名山大川遛一遍，也总还不失为一种雅兴。寄情诗词的，没有了过去那种你抄我诵的古朴环境，人也浮躁得不大想咀嚼其中的意味，产出和传播链有些断了，也就成了越来越“小众”的个体把玩。唯有寄情字画者，突然找到了比任何时代都盛行的市场，家庭要挂，单位要挂，宾馆要挂，餐厅要挂，连歌厅、桑拿间、洗脚房，也是要“文化”一下的，这玩意儿一下就红火得不得了。

谁也无法统计，西安到底有多少书画机构，有多少自封的，或相互尊称的所谓的主席、副主席、会长、副会长，更不知有多少人，平日都在写写画画，著名的已经著名，不著名的正在努力著名。尽管也有相差甚远者，喜欢把自己介绍为“著名书画家”，或出个简介之类的簿册，以此标榜，但这一不影响社会稳定，二不拖累经济指标，三不妨碍他人存活，即使是吹了点儿小牛，又有什么关系呢？经济界，有人注册资金为几万或几十万元，对外就敢吹牛是几千万，甚至几个亿。书画界，尽管也有一幅字画只卖了三五百元，却要说成三五千元的。

但与经济界的夸张相比，似乎还算是比较保守的。更何况，没有了这点儿自信心，笔墨就张扬不起来。因此，书画人吹吹不违法、不影响经济生活秩序的牛，是大可不必介意的。当然，如果太醉心银两，看谁的书画值钱，就拼命模仿造假，那又另当别论了。

也许是这块土地出过太多书画大师，如颜真卿、柳公权、于右任、范宽、石鲁、赵望云……因此，树起了这块土地上人的书画自信心，加之碑林、诸多出土壁画和茂陵石刻等历史遗迹的耳濡目染，使人们手心都有点儿发痒，不仅寻常百姓爱挥毫泼墨，有的干脆拿一大桶，每早在城门洞子底下就“颜真卿”“柳公权”起来；官员也喜提笔运腕，抒发豪情；连已与电脑接轨的作家们，也群起研墨铺纸，“真”“草”“隶”“篆”“人物”“山水”“花”“鸟”“虫”“鱼”起来。这种氛围，真是与被称为文化古都的西安极其和谐、般配、融洽了。更有意思的是，一些书画家，又打开电脑，写起散文、随笔来，连跑遍祖国大地的余秋雨，都觉得西安这种文学书画同流的景观在九百六十万平方公里的土地上是一种不多见的文化现象。

尽管这个庞大的书画群体中有许多人永远也不可能真正出名，但他们对这个城市的总体文化品位，都是有提升作用的。因为没有数量的聚集，就不可能有质量的飞跃。这就像一个名将的诞生，永远伴随着成千上万个无名勇士的流血牺牲一样，仅凭几个人或几十个人，是玩不大也玩不火这种“游戏”的。

在中国古代社会，人们的分工都十分粗放，无论作家、书法家、画家，似乎都是第二职业，连书圣王羲之，第一职业也是带兵打仗。尽管作家曾巩在《墨池记》里详细记述了他磨砺书艺的惊人毅力，但这种酷爱，并没有使他放弃军事管理。颜真卿、柳公权、苏东坡也个个如此，不仅书法、绘画、文章精妙，而且第一职业也干得有声有色。今天社会分工越来越精细，书法家是书法家，画家是画家，作家是作家，官员是官员，技术上可能都会越来越精湛，但从综合人文修养与性情练达上，可能就会出现一种技术至上的弊端。从这个意义上讲，专门从事书画者，永远只应该是少数人，他们需要从技术上引领突破，但绝大多数，都应该在已有的职场中，把书画、写作，作为一种爱好。这种多方位、多角度的融会贯通，不是也并没有影响于右任、赵望云这样的书画大师的诞生吗？

我曾在一部戏中，写过这么一句台词：“在西安这地方，古城墙旁的公厕里，蹲了十个人，有九个是书法家，还有一个一查，是著名书法家。”尽管是剧中人的一个小幽默，但也是一种文化渴慕与期待。试想，如果有一天，护城河的污水排净了，一城人都在工作之余，拿着毛笔，把个清凌凌的护城河，涮得跟王羲之的“墨池”一样墨浪滚滚，香气四溢，那这个古都，又该是怎样一番令世界仰慕的文化气象啊？！

2006年12月14日于西安

看手机

1985年，世界上第一台现代意义上的可以商用的移动电话诞生。那一年，我在一个小县城工作，要给几十公里外的父亲所在的区公所打电话，是要到邮局排队的。单位有部城区内电话，因缴不起座机费，里边经常发出忙音，再拍再打，均匀的电流声不变。其实早在1987年，也就是商用手机诞生两年之后，就有人把它引进了中国。不过从“高端”拥有，到寻常百姓普及，先后却经历了十几个年头。据资料显示，全世界现有手机用户二十五亿，中国占四亿多，并且每年还在以七八千万新增用户的速度递增。

我是1996年用上手机的，当时拥有这玩意儿，还是比较奢侈的，啥都办齐，大半万就没有了。那时我经常为电视剧和一些晚会写歌词，老有人说跟我无法联系，咬咬牙，兜里就揣上了。开始，真有些不自在，一是觉得贵重，老害怕丢失；二是盼着有人往里打，不然，就生些“锦衣夜行”的失落。偏偏有了这玩意儿，有时竟然几天没人联系，急得人老害怕是手机出了毛病，过一阵儿，就要拿起座机，自己往里拨打一次试试。

当一种奢侈品被寻常人家拥有时，它的许多炫目光泽，便荡然无存了。记得手机进入市场之初，有人拿着一块“黑砖”样的东西，无论走到哪里，抽出长长的天线，就能“吃了没，喝了没”地“炫”谈起来。虽然信号不好，有时机主脑袋像“转轴”一样，得转起圈找最佳方位，但毕竟不是谁都有“转”得起的派头啊。就像过去时兴镶金牙，谁嘴里要是镶了一颗这玩意儿，见了人即使没有笑的契机，也是要把嘴咧开，让那黄澄澄的东西亮一下相的，那也是一种身份、地位，甚至财富的象征嘛！这几年，那种“富牙”和“黑砖”一道，都不见了，新的炫耀物又在不断产生。但无论什么样的炫耀物，随着时代发展，都会成为昨日的“富牙”和“黑砖”。不过话又说回来，“黑砖”也有“黑砖”的妙处，它不仅能通信，而且能防身，你想那么沉甸甸的东西，无论拍谁一下，脑袋不糊涂一阵儿是不大可能的。后来手机体积越来越小了，不仅失去了防身的妙用，而且容易丢失，加上拿手机炫耀的时代也一去不复返了，你在公共场所，尤其是电影院、剧场这些地方，再高声“吃了没，喝了没”，别人就不是当初那种有些羡慕和嫉妒的眼光了，而是一种对一个人素质的叹息和对公德缺失的鄙视。

手机的出现，不仅缩短了人与人之间的距离，使世界真正成了一个地球村，而且让办事效率加快，繁文缛节消失，甚至使素不相识者的交流，也成为一种可能。但副作用也是明显的，首先，是使这个世界变得躁动不安了。我们都渴望信息时代的到来，但繁杂的信息，恰恰是导致人失去精神定力的最重要原因。尤其是手机传递信息的方便快捷，已彻底改变了人的生活方式，它使一切躲避、隐逸、封闭、超脱，都变为一种不可能。除非你扔掉它，否则，无论是彩铃，还是振动，都不可能不调动你关注它的神经。因为，在未知的信息里，可能有你的机会，有稍纵即逝的收获，有如果在第一时间不知晓就会产生遗憾的忠告，如果你担当着一定的社会职责，还有可能酿成重大损失。总之，一旦拥有它，便须臾不可或缺。也许就在你关掉它的一刹那，你就与某种机遇擦肩而过，甚至失去了挽回某种损失的宝贵时间。反正它已成为左右你生活的总开关，闸一拉，你就会有与世界切断一切联系的孤独无助感。记得前些年，呼机流行时，有人把它叫“拴狗链”，那真是再也恰当不过的形象比喻了。比呼机先进的手机，那更是已成为拥有者的生命遥控器了，你已完全不属于自己，而成了手机这个现代科技产品的俘虏、仆从、杂役和走狗。

手机不仅使人浮躁，而且由于其使交往变得便捷与私密，还开发了诸多感情副产品。一部《手机》电影，虽然距离上映已经过去几年了，但那种精神赤裸感和生活残酷性，仍给大众的手机人生，笼罩着十分沉郁的阴影。这是一部为人最不厚道的电影，它不仅破坏了人的基本信任感，津津乐道着对人隐私权的侵犯，而且使人的弹性生活，突然变得针尖对麦芒起来。现代人本身就抑郁不堪的日子，顷刻间，被撕咬得恐怖异常了。这些感情副产品，是人的原罪泄漏，但又何尝不是手机的作恶多端呢？几千年传统礼教的各种限制，都是在对精神与物体的双重隔离中得以实施的。而手机这个妖魔，使各种隔离带变得荡然无存，连恋爱也不需要约会在花前月下来卿卿我我的。还有什么高招，能使人的情感世界，在手机的操控下，再回到单纯、宁静与含蓄、内敛的轨道上去呢？

可能我们都已十分憎恶手机的存在，但谁也摆脱不了它的掌控。就像恋爱中的人儿，十分喜欢被对方操纵、掌控甚至虐待一样。我们不能不接听各种有内容和没内容的电话，不能不接收有意思和没意思的信息，也不能不打各种有内容或没内容的电话，更不能不回应各种有趣或无趣的信息。总之，好像每天有许多时间，都是耗费在了手机通话和“拇指写作”上，一旦人机分离，就惶惶不可终日。又是一个星期六，我想试验一天没有手机的生活。办公室和家里都会有人找我，一个朋友说，他那儿有一间空房，非常安静，特别适宜写作，我便去写这篇《看手机》。我把手机终于关了，可快到12点时，总觉得有什么事在心里搅扰着，便打开机子，看有什么信息。嘣嘣嘣，出一串来，上面全是“你在哪里”“你还活着吗”“有要事快回电”。我急忙把电话回过去，原来是几个书法朋友聚到一块儿，正在说我临的《圣教序》。书法是我唯一的业余爱好，谁说我书法有长进，比说我编剧有成绩，更让我心旌摇荡。何况大家又是催，又是骂的，我只好把文章结束了。尽管关于手机还有许多话要说，但听人表扬我书法是大事，无论如何，先把句号一绾，我得快去。

2006年12月16日于西安

看电影

平生也不知看过多少场电影，反正无论从哪个方面讲，电影对我们的影响都是巨大的。记得很小的时候，为看一场电影，我们会追赶到很远的地方。有时一部片子能看无数遍，譬如《地雷战》《地道战》，到现在，许多细节和语言，仍记忆犹新。包括对日本鬼子的憎恨，都是从电影中最先获得感情浸染的，以至于到今天，连面对普通日本人的情感，都不大好往最佳处调整。至于艺术启蒙，那就更是“微风看草长，润物细无声”了。

对电影渐渐疏远，大概是在影片越来越多以后，实在看不过来了，就选择了放弃。记得改革开放之初，有一段时间，国产与进口影片突然丰富起来。那时我在一个小县城工作，事不多，几乎每天都泡在电影院。有时一天看三场，几乎场场都是新的，实在买不起票了，就在人家清场时，蹲在厕所不起来，等新的观众放进来，再跟着一块儿混进去。我有一个朋友，说他那时蹭电影有一个绝招，每次在人多时，买两瓶酸奶和一袋爆米花往里闯，收票人老以为他是已经验过票后，从里面出来，给他的小情人什么的买吃喝献殷勤来了，就从来没有阻挡过。他把奶端进去，一边看电影，一边左一口右一口地品咂着，再把爆米花咯嘣嘣一嚼，电影白看了，还吃了喝了实落了，算是精神物质双受益。我们那时把看电影，自嘲为“审片子”。其实所谓审，是领导的事，不掏钱，还坐好座位。我们虽然掏些钱，也坐不上好座位，但见片子就看，并且要先睹为快，也便谓之“审”了。“审”着“审”着，就发现多得“审”不过来了，后来就干脆不“审”了。有了影响特别大的，也去“审”一下，但多数时候，就只在家里看录像和碟片了。说实话，由于碟片的质量问题，完整看完的并不多。

有一段时间，因写作需要，我的一个搞电影编剧的朋友，给我推荐了近百部世界一流电影，让我先后“审”了几个月，算是又一次调动起了我看电影的兴致。后来有一阵，我甚至又回到了电影院，虽然那里已是门前冷落车马稀，但始终还有一些年轻人，在坚守着电影的消费市场。我想，这应该是那些电影人心灵的最大慰藉。可惜，好影片太少了，无论是美国商业大片的千篇一律，还是国产大片的邯郸学步，都让人再也找不到儿时看电影的激动和兴趣了。虽然今天的电影品相，比老电影要好过很多倍，但技术至上主义却无处不在，那种导演越来越想站到前台做木偶提线人的强烈表演意识，那种制作上的刻意、错乱、荒唐、乖张，甚至已经到了令人十分讨厌的程度。我们已很少看到那种内在质地扎实稳健的好电影了，更多的是金玉其外、败絮其中的文学空壳。一些电影，从莫名其妙开始，到不知所云结束，以至于看完几天，都不敢说一句话，生怕是自己没看懂，因为强大的舆论已经告诉我们：这是一部谁不看谁就算白活了的电影。直到大家都说那是“皇帝的新装”，我才敢对自己的真实感知下结论：是的，这“皇帝”是真的“既光着上身，也没穿裤子”。“包装”这个时兴的词汇，从来没有像今天这样，被一些导演和制作人，运用得如此淋漓尽致，以至于每揭开一层皮，人们都要大失所望地唏嘘哀叹半天。相反，倒是一些炒作甚少的“小电影”（可能因花钱少而称“小”），既有文学内蕴，又有完整故事，还有人物的自然痛痒和哀伤。可惜这些“小玩意儿”，有时在电影院看不到，拿碟片看，又全然不是看电影的感觉。我的看电影生涯，就这样，眼看着快被终结了。

一天我到外地出差，看报纸上正在烹、炒、蒸、煮《满城尽带黄金甲》。住地隔壁就是影院，忍不住进去坐了两小时。还真是好看，满目黄澄澄的，所有细节都是张艺谋式的放大，颜色是张艺谋式的强烈单一，除了几个主角，其余人出来干啥都是张艺谋式的整齐划一，动效也是张艺谋式的连“风”带“控”，尤其是故事，叙述得环环相扣，摄人心魄，无疑是一部从内容到形式，都特别经典的电影。形式的经典性，是张艺谋的创造，也是张艺谋的重复；但故事的经典性，就使我们上过几天学的人，都想到了曹禺的《雷雨》。我看到过此前的各种炒作，都说《满城尽带黄金甲》是《雷雨》的“借鸡生蛋”版，可在正式播出的拷贝上，却无曹禺的名字。是不是打字幕的人遗漏了？曹禺不是个小人物哇，要论级别，也该是个正部长级干部了吧，且刚刚去世十年，这样身份的编剧，都能被如此漠视，其他编剧的著作权维护之难，就可想而知了。由此，我突然明白了中国电影怪圈形成的原因，那就是对电影文学的极端忽视和粗暴践踏，连曹禺都敢不被当人，其余编剧为老几乎？话得说回来，有了曹禺的魂灵，这部电影真的是好看得多了。试想，如果抽去了《雷雨》的“筋骨”，即使“全球穿上黄金甲”，那又该是个什么样儿呢？形式大于内容，形式高于一切的大制作，永远都不可能把电影从低迷中带出去，只有尊重文本，回归文学，电影才可能有根本出路。

作为一个电影迷，其实我最喜欢的导演，还是张艺谋。他能将《雷雨》“借尸还魂”，正说明了他的清醒与过人之处。遗憾的是，字幕上出了那么多人的名字，却漏掉了一个曹禺，真是太粗心了。如果是电影界的规矩，那这个规矩恐怕得好好改一改了。

2006年12月19日于济南

看孔庙

作为一个靠写作为生的人，我始终有一个愿望，那就是到孔子的故乡去看看，应该说是朝圣。2006年接近冬至的时候，我终于有了走近他的机会。那天，我们一行五人，抱着十分谦卑的心态，一大早，便从济南驱车前往。刚下高速路，正不知去向时，一辆红色小轿车就跟了上来。紧接着，车的茶色玻璃窗缓缓落下，一个年轻且有几分姿色的姑娘把头从里面很优雅地伸了出来，手里晃着一个导游证，很是礼貌地问："需要导游吗？"我们人生地不熟的，此时遇见导游，当然是瞌睡碰见枕头了，几乎没做商量，就深怀感激地把曲阜之行全部交给她了。那姑娘从红色小轿车上走下来，是要上我们的车，尽管后排坐了三个半老男人，已经很挤了，但他们还是积极性很高地同意她上来挤一挤。这一挤，把大家的情绪给挤高涨了。再经姑娘一介绍，整个曲阜好像在我们心中豁然开朗起来。到底是礼仪之邦，姑娘落落大方，且口齿伶俐，用语得体，虽未见孔庙、孔府、孔林，但我们心中，似乎早已沐浴到了圣地的和煦阳光。

很快，我们就被姑娘带到了目的地。从车上下来，一股冷风倒灌肺腑，先是打了个寒噤，再举目四望，就让人傻眼了，怎么全是新近打造的景观？檐墙低矮，梁柱血红，且做工粗糙，质地低劣。我们急忙问：这就是孔府吗？姑娘沉着老练地应对说："这是来曲阜必到的地方，见了孔子，您总得烧炷香吧，真正的孔庙是不许动香火的。"听来很有道理，我们就买了套票，跟着她，先进"博物馆"，再过"春秋时代"的商业街，然后渡九曲桥，"圣庙"便矮塌塌地出现在面前了。刚一走进大门，几位和尚模样的人，就如少林寺进入战斗状态的武僧一般，把我们几乎是半架着，弄到了一个新近泥塑的"孔子"像前，不由分说，就将大把大把的排香塞进了我们怀里。后来我才知道，同来的其他四位，立即感到了一种欺诈，很快就退出去了。

我那时已全然进到拜祖祭孔的神圣状态，浑然不觉已落入圈套，五体投地地一拜再拜。刚起身，又被人拖到一长香案前，和尚、俗女围了一堆，七嘴八舌地介绍着各种香烛的价格和妙用。直到此时，我也并未觉醒，面对从百元到千元不等的香烛，摸摸身上那几百元钱，仔细想想，孔老夫子并非俗人，他是应该知晓读书人钱包之鼓胀干瘪的，难道他会以"粉丝"花钱的多少，来判断虔恭程度？我选择了一百五十元的，也是价钱最低的，又一次长揖不起地匍匐在老先生脚下。当再一次起身时，一房人，几乎是饿虎扑食般地蜂拥而上，有要算卦的，有要布施的，还有要求再烧高香的，我突然有一种被愚弄感。还没等回绝，就有"和尚"已把手伸向了我装钱的口袋。我立即愤怒了，怒斥道："干什么？你们想干什么？这还是在圣人门下吗？你们配做孔庙的守护人吗？"有同行者听里面吵了起来，急忙赶进来把我"解救"了出去。刚出"圣庙"，就听里面"和尚"和几个卖香烛的妇女对骂起来，好像是在相互责怨，没把个"冤大头""摁倒""压住""血放完"似的。再找那"优雅"的女导游，早已不见了踪影。原来，她已把我们转卖给了另一个女导游。五个被"拐卖"的智力还算没有大毛病的男人，气得脸色铁青地在风中站了好久。

"假景点"还剩一个没看，票又没法退，不看也是损失，只好又钻进去看。这是一个类似迷宫一样的所在，导游把我们弄到一个有些像马车的有轨铁架子上，电闸一合，那"车"便吱吱扭扭向黑暗中走去，铁架子上有一瓮声瓮气的喇叭，里面有被颠簸得一截一截的女声："大家即……将……顺着孔……子……当年……走过的路……线……周……游列……国了……"漆黑的洞里，有明灭无度的灯火，还有泥捏的"孔子"和他那些落魄的门徒，在用"白眼"翻着游人。洞内异常干燥，霉味很重，且寒风砭骨，当我们周游了两三个"国家"时，就冻得撑不住了。那种寒冷与凄凉，倒是帮助人更深刻地理解了孔子十四年游说，茫茫"如丧家之犬"的无奈与酸痛，也算是意外的收获了。当从"列国"周游出来，五个人都冻得清鼻长淌，那女导游正要往车上挤，被几个肝火上升的男人一声秦腔之怒吼，吓得趔出了老远。

我们终于自己找到了威重的孔庙、敦厚的孔府和一望无际的孔林。在孔庙里，我真的是长跪不起了，那阵儿直想哭，眼泪却始终没有掉下来。这里既没人要我焚香，也没人要我布施，更没人关心我兜里装了多少钱，只有孔子的塑像，在木然看着我们这些远道而来的顶礼膜拜者。其实天下有很多孔庙，但能到他老先生故里来亲自拜谒者，毕竟是少数，我们还算是几个比较幸运的读书人。虽然一接近他的府第，就遭遇了“美人计”，让我们感受到了经济攫取的残酷性，可这一切也怨不得圣人，谁叫我们要放松警惕，让那温文尔雅的姑娘上来挤一挤呢？其实我们都是常出门的人，深深懂得野导游的厉害。可到了圣人门下，还就真的放松了警觉，以为孔圣人的教化作用，时下再微弱，管个几十里地总是不成问题的，谁知庙门以外，他老先生就有些束手无策了。再一想，这就是我们的实用主义了，孔老先生是管大局的，是以天下为己任的，眼皮底下的小姑娘，犯了这点儿鸡毛蒜皮的事，又何必劳烦他费心呢？

作为建构过中华民族核心价值观的孔子，几千年来，也是挫折连连，仅20世纪，就先后经历了“砸烂孔家店”和“打倒孔老二”的两次大限，然而，他都挺过来了。今天，虽然可能又一次出现他的大红大紫的景象，但他当初周游列国时的尴尬，并不会随着“热炒”的铺天盖地而消失。相反，这种两张皮的尴尬，可能会愈演愈烈。可管你爱听不爱听，落实不落实，照做不照做，他都要说，这便是这位老人的恒心所在，也是他的伟大与过人之处。车已经走得很远了，我似乎还听到孔庙里那尊雕像在说着“不倦”两个字。

2006年12月20日于济南

03 开卷有益

在我想象中那是一只硕大无朋的手，
然而，那手却要比我的小得多，
并且手指并得很拢，在那一刻，
我突然觉得人即使活得再大再得意，
也是不必要张牙舞爪的。

读尤金·奥尼尔

我把自己在办公室整整关了一天，读美国戏剧大师尤金·奥尼尔的作品。学院派导演、演员们，常把奥尼尔挂在嘴边，好像不说奥尼尔就显得自己很无知似的。奥尼尔确实很特别，在获得诺贝尔文学奖后十几年蛰居家中，渐无声息，有人说他江郎才尽，其实这也符合多数作家的创作规律，成名作即是封山之作，美国有人把它叫“艺术生活没有第二幕现象”。然而，奥尼尔在沉寂了十几年后，又拿出了一批比获诺贝尔文学奖以前更轰动的作品，因此成为艺术创作中的“第二幕个案”。其中《送冰的人》和《进入黑暗的漫长旅程》演出后甚至获得“空前成功”的赞誉，这确实使奥尼尔毫不夸张地成了美国现代戏剧史上“最引人注目的一页”。这两个剧本都很长，如果不删节，每个剧大概能演五小时左右，也不知美国人是怎么弄的，四百页让我整整读了

一天，比一部二三十万字的长篇小说还长。《送冰的人》是由十几个住在一个叫哈里·霍普旅馆里的房客，相互做着诸多白日梦连缀而成的故事。他们各自代表着人的不同追求，吹嘘着过去的“过五关斩六将”，幻想着未来的不劳而获和功成名就。酒是他们的兴奋剂和麻醉剂，在一个炎夏的二十几个小时中，他们自始至终也没有见到那个对他们来说似乎很重要的“送冰的人”。剧中充满了经历过第二次世界大战的奥尼尔对现代西方文明的深切质疑和反思，读整部剧作像置身在一个垃圾场中。而《进入黑暗的漫长旅程》则是以一个家庭生活进程为背景展开的，剧中充满了相互的埋怨和责备，同时也夹杂着愧疚与懊悔，所有人的心态都处于一种摇摆不定中。据说这是奥尼尔青少年时期家庭生活的真实写照，大概正是这种无奈的家庭环境，丰富了一个伟大作家深刻的灵魂。总之，读奥尼尔让人魂灵不安，他的作品弥漫着一种对人类灵魂失落的交响乐式的强烈而又立体的表达。

读阿瑟·米勒①

早上匆匆处理完一些公事，便将办公室反锁起来，开始展读阿瑟·米勒的《推销员之死》。剧本讲述了一个叫威利·洛曼的推销员因年老体衰，无法胜任“跑街”的推销工作，而要求留在办公室，竟然被老板辞退，回到家里，又惨遭两个儿子嘲弄，遂使他自尊心受挫，精神幻灭，最终为使家庭获得一笔保险费，而深夜驾车自毁身亡的故事。剧本构成手法新颖，现在时与过去时犬牙交错，读后让人心中的惨痛阴影久久挥之不去。该剧在美国百老汇剧场曾连演七百余场，为阿瑟·米勒获得了世界性声誉。当然，也有杂志批评它为“一枚被巧妙地埋藏在美国精神大厦下的定时炸弹”。还有人干脆认为阿瑟·米勒是一

① 美国著名的剧作家、被誉为“美国戏剧的良心”。

个被悲剧所迷惑的马克思主义者，称此剧是“共产党的宣传”。这位曾与美国共产党人有些瓜葛的作家，二十世纪五十年代甚至还受到过众议院非美活动调查委员会的传讯，但不屈的性格，使他始终没有说出以前曾和他一起开会的左派作家和共产党人的名字，最后终以“藐视国会罪”被处以罚金和一年徒刑，缓期执行。足见美国的创作自由，有时也是要大打折扣的。推销员威利·洛曼的悲剧在中国恐怕也有相同的上演，但我们没有这种剧目出现，只在二十世纪八十年代，由阿瑟·米勒亲自来华执导，北京人民艺术剧院演出过此剧，以后便再没有多少这个剧的信息了。我觉得这个剧在今天尤其有重新打磨上演的价值。

晚看阿瑟·米勒的另一个剧本《回忆两个星期一》。

这几天虽然没有保证一天读两个剧本的速度，但每天总还是能翻那么几个页。昨天读阿瑟·米勒的《桥头眺望》，已使我深深震撼，当移民马可将刀尖刺向美国亲戚埃迪的胸膛时，我感到了这幕社会道德剧在探讨人性与人的尊严上的深切力度。社会越开放，寄人篱下的人越多，但寄人篱下的人很少能获得人的起码尊严，为获取这种尊严，有时最后的道德底线可能是以身试法，甚至同归于尽。在桥头，眺望的是平等、仁爱和同情，更眺望的是社会良心。

尤其让我拍案叫绝的是阿瑟·米勒的《萨勒姆的女巫》，原名叫《炼狱》，其实我觉得原名比后来更改的名字更具剧名的包容性和概括性。“萨”剧是阿瑟·米勒三十八九岁时完成的，一经上演，便经久不衰。它取材于十六世纪发生在北美马萨诸塞州萨勒姆镇迫害“行巫者”

的真实事件，那种迫害形式和残忍程度，让人在捧读剧本时，眼中始终闪着泪花。阿瑟·米勒在“萨”剧中成功地塑造了一个名叫普洛克托的主人公，他遭人诬陷，被宗教法庭处以重罪投进地牢，虽跟寻常人一样，具有强烈的求生欲望，但却最终没有以出卖他人为代价，换取可怜的苟且生命，而是毅然决然地走向了绞刑架。有人说，“萨”剧作为一部伸张正义的作品，具有一种少见的庄严气氛。我国曾两次将“萨”剧搬上舞台，第一次是二十世纪八十年代初，由上海人民艺术剧院适时地移栽复活，由于人们才经历那场浩劫，因此获得了观众对外国戏剧空前的深刻理解。历史的惊人相似，使阿瑟·米勒在中国具有了光彩照人的艺术生命力。从报上看，北京最近也在琢磨这个戏，我坚信，它仍然会使二十一世纪的观众目瞪口呆，无论怎样坚硬的心，都会为之深深刺痛和震撼。

阿瑟·米勒曾几次访华，并与他的第三任妻子合写过日记体的《访问中国》，也不知都是些什么内容。在这个被人看成是“被悲剧所迷惑的马克思主义者”的眼睛中，中国又是个什么样子呢？想象不来。

读田纳西·威廉斯

一到正常上班的时间，总是有许多不能不应付的事情，一晃悠便是一天。晚上早早沏了茶，闭了门，开始了对美国戏剧史上比较公认的“最杰出戏剧家”田纳西·威廉斯的阅读。威廉斯生于 1911 年，家庭生活的捉襟见肘，使他自幼便产生了强烈的孤独感。他干过鞋厂学徒、酒店侍者、电梯工人、打字员等杂差，与一些孤独、绝望的社会底层人物关系密切，因而，作品中自始至终都在解剖那些被社会遗弃的小人物的内心痛苦与挣扎，并很少给他们以出路，因为只有这样表现，他才觉得是真实的。使他一举成名的《玻璃动物园》，就是这样一部带着一定自传性质的作品。剧中塑造得最成功的形象，是那位永远都在幻想和回忆的母亲，她在少女时代曾风流一时，后遭丈夫抛弃，因而便更加疯狂地追求另一个世界的虚华，陶醉在络绎不绝的求婚者中间，可现实世界那破旧的公寓和难以摆脱的家庭重荷，以及完全步着父亲后尘的儿子的无情无义，还有始终玩弄着那些易碎的玻璃动物的残废女儿，都让她无法逃脱这种奈何不得的悲惨现实，最终在“把蜡烛吹灭”的幽暗中，落下了《玻璃动物园》这个极具象征意义的剧作的帷幕。

我们常常感叹找不到好题材，难道这种题材还需要我们带着放大镜到现实中去寻找吗？我们又何尝不是那个充满了各种狂想，但一进入现实又觉得一切都格格不入的母亲呢？中国戏剧不景气的根本原因不在于观众不爱看，而在于给观众看的东西少了心灵冲击力和生活与精神的真实对应点。

又把几天交给电视台了，拍十分钟个人专题，整整折腾了三天，一时在室内，一时在户外，还要去老家镇安，被我阻止了。这玩意儿过去也弄过几次，开始还新鲜，一播出总有人打电话祝贺，似乎真的增加了知名度。后来好像人们也不太看电视了，播出后就石沉大海，我也便没有了什么兴趣，可每次来拍摄时，人家总要列出这个专题的一长串人名字，谁谁谁都播过了，谁谁谁前几天才拍，咱算老几，也配牛？只好配合，当然心里也指望着能越混脸越熟，正面上镜头终不是坏事嘛，虽然说过来说过去就干了那么点事，但一想，有些人就开了些废会说了些废话，都常在屏幕上摇来晃去，咱又何必脸红呢？

晚上躺在床上看威廉斯的《欲望号街车》，又是一个以失败而告终的小人物形象。这个剧在搬上舞台四年后，又被搬上了银幕，我曾从西影厂大编剧芦苇处拿回一张碟片看过。女主人公布兰奇一出场便把自己弄到了生存的绝境，由于责备年轻丈夫行为不轨，而导致他饮弹自尽，从此使她终身悔恨愧疚，生存状态也由此滑落不止，由一个庄园主妇跌落为整日怀念庄园生活的无依无靠者。当她来到住在贫民窟中的妹妹家里时，最终又遭到粗野妹夫的强暴，以致精神彻底崩溃，被送进疯人院。这部电影虽然在二十世纪五十年代搬上银幕后，曾名列美国当年十大最佳影片榜首，但要真正体味威廉斯“这个剧本的意义在于现代社会野蛮、残忍的势力摧残了那些温柔、敏感和优雅的人”的主旨，还是应该品味话剧原著。这里有太多让人想象丰富的空间。剧本把布兰奇自身放纵且好幻想的致命弱点，揭示得比银幕上的形象更具有感性与理性的双重思辨力，从而也使布兰奇的毁灭，具有更复杂的思想笼罩。

戏剧这种形式是任何其他艺术样式所无法替代的。

今天读威廉斯的《热铁皮屋顶上的猫》和《蜥蜴的夜晚》，这两部都是威廉斯的重要获奖作品，作品也都是表现小人物在无望中如何继续坚强地生活下去的主题。威廉斯的作品中确实充满了象征意味，单就一些剧作的名字，便把人带进了无法不去深入思考的象征层面。《蜥蜴的夜晚》中，甚至把一个巨型蜥蜴就捆绑在旅馆的走廊上，让精神失落的牧师面对它更感到自己绝望生活的不能解脱，直到夜半在别人鼓励下偷偷割断绳索，放掉那即将被人吃掉的怪物，才从孤独与困境中摆脱出来。这种象征的直观性，让人对一颗困境中的心灵进行解剖，更直接地获得了理性以外的情感介入，观众在获得剧作思想张力的同时，也被牢牢绑缚在情感和情节推动这两根戏剧生命本质的链条上了。据说威廉斯在《蜥蜴的夜晚》之后，再没有写出过像样的作品。虽然一直也在勤奋努力，但他终于再也轰动不起来了，从这一点上讲，似乎比阿瑟·米勒悲惨，但有了《欲望号街车》和《蜥蜴的夜晚》等几部作品，我觉得老威廉斯也就有资格去什么协会当当头儿，开开会，再到各种台面上去摇头晃脑、唾沫四溅了。

读彼得·谢弗

早上读英国剧作家彼得·谢弗的《上帝的宠儿》。“上帝的宠儿”也是音乐家莫扎特名字的意译。从编剧技巧上讲，我以为这是我近来读到的最绝妙的一个剧本，故事编织紧密，悬念迭生，引人入胜，且发人深思。剧本着力塑造了两个人物，一个是莫扎特，还有一个是他的戏剧冲突对手——一个一心想登上皇家歌咏团首席指挥宝座的萨利埃里。西方有莫扎特是被萨利埃里害死之说，各种文艺作品和纪实性作品也都沿袭这一说法，甚至有的音乐教科书上也做出了这样的评定，因而，可以说彼得·谢弗是根据真人真事创作了这部使整个西方世界倾倒的名剧。该剧深刻之处在于全剧没有在个人嫉妒心上着太多的笔墨，而是把两个人拉在历史的显微镜下，努力放大一个没落王朝的虚伪宫廷生活对一位具有叛逆精神的旷世音乐奇才的多方审视上，从而使与时代格格不入的莫扎特，一步步陷入了人生的绝境。剧本中，莫扎特才华横溢，但却放荡不羁，不仅耽于声色，缺乏上流社会的礼仪，而且好说下流话，开玩笑常常过头，并狂妄自大，因而招致了多方的憎恶。而萨利埃里作为宫廷音乐家，却一切都合规中矩，在他身上几乎集中体现了宫廷生活中表面彬彬有礼、温文尔雅，背后却尔虞我诈、暗藏杀机的虚伪本质。因而，剧本的谋杀，便上升到了层面更广阔的社会冲突。他的惨死，也就成了一种合情合理的人生结局。这个剧本值得一读再读，他为编剧提供了诸多值得研究探讨的综合与规整庞杂素材的技巧，同时，在心灵冲突方面，我似乎听到了利剑砍崩刃口的碜音，绝！

下午看彼得·谢弗的《马》，同样是一个结构精美的剧本，尤其是时空交错的自然，为现代剧本提供了多侧面、多角度表现生活的空间。在人物心理推导上，由于作者对弗洛伊德的偏爱，全剧充满了精神分析的铺排，且自然而又充满感性色彩，读来气韵贯通，不枝不蔓。从构成意义上讲，这个剧可以做专业编剧的结构教科书。

读贝托尔特·布莱希特

今天开始读布莱希特厚厚的三大本戏剧集，共收录十八个剧本，长达一千六百多页。德国剧作家贝托尔特·布莱希特对于中国人来说，不是一个陌生的名字。自二十世纪中叶，著名戏剧导演黄佐临建议中国剧作家和表、导演艺术家向布莱希特学习以来，布莱希特的好多作品已被搬上中国舞台，巴蜀“鬼才”魏明伦甚至还将他的《杜兰朵》和《四川好人》改编成川剧上演。张艺谋更是在拍电影之余，用《杜兰朵》在太庙前大显身手。尤其不能忘记的是，在一个时期，布莱希特作为我们所说的梅兰芳、斯坦尼、布莱希特这世界三大戏剧体系之一，曾大量作用于我们的戏剧创作实践。今天虽然已经很少有人再提到“三大体系”，但他的戏剧思想，已部分渗透于我们戏剧事业的血液，当是不容置疑的事实。

今天读布氏的《人就是人》《三毛钱歌剧》等。

读布氏的《马哈哥尼城的兴衰》《屠宰场里的圣约翰娜》《圆头党和尖头党》。

布氏的作品充满了斗争精神，这大概与他亲历了两次都源于德国的世界大战有关。

昨天读了布氏的两个剧本，今天便得读四个，否则，目标就难以抵达了。

《四川好人》的社会批评能量是巨大的，光有善行对建设一个有序世界是无助的。这个剧今天仍有深刻的认识价值。

《城市丛林》中农村来的孩子与城市木材商之间的斗争更像一个寓言，一个具有非凡包容性的寓言。这个寓言故事今天还能找到很多相同的素材。

《伽利略传》深刻在科学家面对战争，应如何自省自己的科研成果对社会所负的责任问题。

《大胆妈妈和她的孩子们》仍是以战争为背景展开的故事。大胆妈妈作为一个靠战争谋生的随军小贩，历尽艰辛，甚至连三个孩子都被战争吞噬了生命，但她仍未觉醒地跟在大炮和坦克后面兜售饮料、食品和其他一些战略物资，让人读后颇有种读鲁迅某些作品的感伤与无奈情怀。布氏能把这样一个故事提升到寓言的层面，很是值得解析与

效法。

读布氏的《阿杜罗·魏发迹记》《西蒙娜·马夏尔的梦》和《高加索灰阑记》。布氏太擅长于把一个普通的故事浓缩升华到寓言的高度，这是对人生的一种超级感悟。《高加索灰阑记》是这种超级感悟中的典范。

读布氏的《杜兰朵》《巴黎公社的日子》和《第二次世界大战中的帅克》。能找来的布氏的剧本和有关资料全都读了。布氏在西方至今仍是一个争议很大的人物。有人把他与莱辛、歌德、黑格尔、海涅相提并论，说他是德国文化史上伟大的人物；有人反对他，甚至到了要轰炸上演他剧本的剧院的程度。有的干脆说他是一个可恶的知识分子，这其中有西方反对共产主义运动势力的影响，连布氏自己都承认："我陷入《资本论》足有八只靴子深。"但布氏作品太强调斗争性，而对人文、人性、人本讨论之不足，怕也是他渐次淡远的原因之一。无论怎样，布氏仍是一种高度，仍是一座丰碑。这个精瘦的德国人，无论怎样往前走，要彻底撼动他恐怕也还不是一件容易的事。

读萨特

昨天一整天带大半个夜晚，都与法国著名存在主义哲学家、文学家和社会活动家萨特“泡在一起”，不仅读了他最负盛名的几个剧本，而且还读了他《存在主义是一种人道主义》《为什么写作》和《七十岁自画像》等文论。因为不读这些文论，不利于全面理解他在剧本创作中所蕴含的存在主义哲学思想。

萨特的作品其实过去接触过不少，小说《恶心》《墙》《卧房》《闺房秘事》，剧本《苍蝇》《间隔》，甚至包括上面提到的几篇文论都是读过的，并且画满了道道杠杠，但要系统阅读他的几个剧本，又不得不把这些东西再拉出来过一遍。

萨特自小聪明绝顶，七岁便已读了福楼拜的《包法利夫人》，并能编写让大人们称之为“神童”的文学故事。他一生有五十多部专著，其中戏剧有十一部。就我接触到的他的文学作品，我以为戏剧创作成就在小说之上。他的戏剧创作结体严谨，情节紧凑，冲突迭起，让人在阅读时几乎难以找到停下添茶续水的气口，这也就难怪他的作品在二十世纪四五十年代，能占法国戏剧舞台的“统治地位”了。同是取材于古希腊神话的阿伽门农之子的复仇故事，世界文学不知因此演绎了多少悲剧神话，然而，萨特却给这个故事弄来了一群挥之不去的“苍蝇”，让人不禁感到了环境对精神的压迫，同时，也让人触摸到了存在主义的一些本质——那就是必须行动，必须改变，客观存在强迫着你必须为获得自由而抗争。他的《死无葬身之地》和《魔鬼与上帝》，都体现了这种为维护人的尊严和获得人的自由而不屈斗争的精神，而这种斗争过程，正是展示现实真实存在与人们顽强行动的存在主义哲学的辩证统一认知。过去我们常听人解释萨特的存在主义核心意旨是：存在的即是合理的。我认为这是对存在主义的断章取义，最起码可以说缺乏完整统一性。从萨特的文论和他的诸多文学作品看，他是一个不折不扣的“行动主义者”，而行动本身便蕴含着对存在不合理性的违逆与颠覆。纵观萨特的作品与人生，可以说充满了打破现实平衡与存在的传奇行动，连他自己都在《存在主义是一种人道主义》的演讲中说：存在主义就是一种怎样使人的生活过得去的学说，这种“过得去”学说，不正是一种不维持现实不合理存在的行动吗？他在《七十岁自画像》中表明：“我的立场扼要地说，在于把资产者作为坏蛋来谴责。”他还说：“我有一个敌人，资产阶级读者；我为了反对他们而写作。”为了坚持这种立场，他甚至与多年好友加缪彻底分手，且老死不相往来；他与古巴国务委员会主席卡斯特罗曾是好朋友，但1971年为反对古巴政府逮捕一位诗人而与卡斯特罗绝交；为反对法国政府进行的阿尔及利亚战争，竟然闹到使一些为维护殖民利益的右翼分子上街游行大喊要“枪毙萨特”的地步，他的住所也因此两次被炸；为抗议美国的对越战争，他甚至拒绝去美国讲学，原因是“不到敌人那里去”；尤其精彩的一笔，便是“我一向谢绝一切来自官方的荣誉”，而拒绝领取诺贝尔文学奖的决绝行动。这一切都全面而又系统地完善了一个文学家和哲学家的思想和人格，让我们看到了一个独立知识分子的形象，看到了一个立体行动者的坚定背影。

萨特在1955年还来过中国，待了四十五天，在《人民日报》上发表过一篇叫《我对新中国的观感》的文章，说中国的直接现实是未来。

萨特活了七十五岁，死时有数万群众自发地跟随灵车送到公墓，世界各国纷纷哀悼，时任法国总统德斯坦说：“我们这个时代陨落了一颗明亮的智慧之星。”

读莫里斯·梅特林克

今天又接着读比利时作家莫里斯·梅特林克的《梅特林克戏剧选》，昨天读他的《玛兰公主》，已初步领略了这位象征主义戏剧大师在剧情结构、人物刻画与艺术处理上的与众不同，一切都企图通过存在的相对性去掌握事物的本质，许多事都想通过暗示和借喻去表达不容否定的真实性。据说这在十九世纪末，是连左拉都极其反对的艺术游戏，但由于梅特林克平均每年一部地向观众提供新作，而最终成为连阿纳托尔·法朗士、奥斯卡·王尔德、安德烈·纪德、奥古斯特·罗丹、儒勒·凡尔纳都要常去造访的顶尖大家。1921年，诺贝尔文学奖终于落在了这位甚至被比利时天主教当局宣布为“一切著作均为禁书”的象征主义大师头上。一年后，这位“浪子”回到比利时的布鲁塞尔，国王在接见他时甚至有些“胆怯”，因为他要见到的是“全世界的思想之王”，可见梅特林克象征主义戏剧事业辉煌之一斑。

今天读他的《盲人》《室内》和《青鸟》，更清晰地触摸到了一些象征主义的思维方式和手法。尤其是《青鸟》，世界上很多国家都上演过这部类似于儿童剧的死长活长的东西。全剧其实一直在寻找那个谁也不知是什么形体，甚至也弄不明真实颜色，更不知会待在哪儿，但人们都想见的“青鸟”。这个青鸟便是幸福的象征，这种幸福正是人类苦苦寻觅的那种超越一切世俗享受之上的东西。尽管到最后也没有找到，事实也是不可能找到的，但梅特林克仍然要告诉人们，这种“大多数人视而不见”的“青鸟”是存在的。梅特林克的多数作品都与“死神”的召唤有关，唯有《青鸟》给了人们光明而又向上的希望。据说这与他的婚姻生活有关：梅特林克直到二十七岁尚未爱过，也未被人爱过，后来与一个已婚女人姘居二十多年，使他心灵受到了影响，《青鸟》便是在这个时期诞生的。后来他虽然有了正式安宁的婚姻伴侣，但却从此只是写了些“只证明他还活着”的东西。人类的戏剧史，恐怕也还得给那位“已婚女子”，悄悄敬上一杯感激的薄酒，否则，正统得是不是有些自私了？

读巴金

我们这一代人见过巴老的可能并不多，但大凡是读过书的，就肯定与巴老有心灵的融会与神交。得到巴老去世的消息，我并没有悲痛之感，更没有眼泪，有的是一声叹息和担忧，叹息的是这面呼啦啦飘扬的旗帜终于永远凝固在了风中，有他活着，我们总感到在这面旗帜下行进很体面很周正，也很朗阔；担忧的是巴老这种责任与良知是否能成为后学的一种自觉。如果责任与良知不能成为文学艺术家的自觉，那将是我们这个民族的巨大悲哀。

很小的时候我们就在读巴金，中国但凡有点文化的人，可能都知道《家》《春》《秋》，寻常百姓的书架上大概也都摆放着他的作品。我在初读“激流三部曲”时，由于年龄小，并不懂个中三昧，爱的就是像随便说话一样的文字和那种家常感。读他的书最容易引发一个青年的作家梦，面对皇皇巨著，觉得当作家并不是一件难事，只要把心里所想的话能如实说出来就行。尤其是那种不断转换的自然段，疏疏朗朗、轻快如风，读着读着，就被巨大的感情风暴所裹挟；当你再转出来时，被荡涤过的心灵便有了一份做人的沉重和明白了某种事理的轻松。十六七岁时读这些书，也不操心什么主题思想，什么民主启蒙和反封建之类的问题，从头至尾只关心人物命运和情感缠绕，吸引住了眼球并被感动了，半辈子便记下了。那种受用是潜移默化，也是写作技术上的直截了当。

作为小说家的巴金，一生与戏剧也有颇多缘分，先是慧眼识《雷雨》，在他的极力举荐下，年仅二十三岁的曹禺一举成名，最后甚至成长为民族文化的巨匠，齐名于鲁、郭、茅、巴、老。试想如果没有巴金这个负责任的编辑对《雷雨》"四次流泪"的赏识与推崇，也许这份珍贵的民族文化财富会永远压在曹禺的抽屉里难以面世，不仅成就不了《雷雨》，也成就不了曹禺。这就是一个人的责任与良知的最忠实体现。除了这段剧坛佳话外，巴老自己的作品更是屡屡被搬上舞台，其中《家》甚至出现了多个剧种的多种版本，成为民族戏剧永远的精神养料。作为戏剧从业者，我们深深敬重巴老的不朽功业。

读巴老的《随想录》是二十世纪八十年代的事，那时我还在陕南的一个县城工作。那本书很厚，我记得买回家整整读了十几天，这几天翻出来，还能见到上面用红蓝铅笔勾下的许多重点。在那本书里，巴老用最平实的语言，深刻反思了诸多社会问题和文化问题，尤其是对自己举起的解剖刀锋利而又坚韧，大有刮骨疗毒之风，整本书让人品味到的是责任和良知。作为读者我们不能不为巴老讲真话的气魄所折服，尤其是在"文化大革命"过去不久，捧读这样的书，让人不禁

衣衫阵阵汗湿。如果说早期读《家》《春》《秋》总被情感所困扰和激荡，那么读《随想录》所收获的就完全是思想的冲击与震撼。这是一种阅历，更是一种无可替代的生命个案的深刻体悟。

我曾经两次到过巴老倡导创立的中国现代文学馆，每当看见他的手模时，都要禁不住把手伸进去比一比。在我想象中那是一只硕大无朋的手，然而，那手却要比我的小得多，并且手指并得很拢，在那一刻，我突然觉得人即使活得再大再得意，也是不必要张牙舞爪的，这就是我所读懂的巴金。

2005年10月20日于西安

读李泽厚

我读过李泽厚先生几本书，一是《美学论集》，二是《中国古代思想史论》，三是《论语今读》，四是《美的历程》。我最惊叹李泽厚渊博的学识，他是真正学贯中西的学者。没有李泽厚，我们的时代在哲学上是寂寞的。就拿《论语今读》来说，站在东西方思想文化交汇点上的李泽厚，对《论语》的解读，明显给了我们认识孔子的更大空间，最重要的是增强了思辨的色彩。在新时期出现的许多《论语》注疏读本上，我们是无法读出李泽厚的带着中西文化比较的宽博认知的。他的《中国古代思想史论》，从孔子的仁学开始，到"天人合一"结束，很少"掉书袋子"，到处充满了他对东西方思想文化的深切理解与自然化合。书很薄，但里面多是"干货"，让人在极短的时间里，就比较清晰地了解到了中国几千年思想发展史的轮廓，并且是深入历史肌理的，

是不折不扣能够启迪人思想的“史论”。他的另一本《美的历程》，与这本“古代思想史论”相同，也是不算太厚的“砖头”，但却把中国几千年古典文艺史，梳理得十分清晰，让人看清了文艺与历史进程的复杂关系，揭示出了社会发展对审美和艺术创造活动的本质影响力，是一种有独特见地的文艺历史发展审美把握，有些段落读着会让你有醍醐灌顶感。这就是好书的魅力。当然，我也注意到网上的很多批评之声，但以我之浅陋，似乎还不能苟同那些声音。我喜欢李泽厚，喜欢的正是那种清醒的思辨力，以及对历史经验的主客观判断力。我想各种批评之声，可能正是李泽厚美学思想不断产出后所需要的结果。

2010年6月13日于西安

文学创作

只有那些既能从宏阔的视域中把握时代精神总体性意义，
又能充分、深入、细致地
描绘生活细部的书写和艺术塑造，
才能获得人民的共情、共鸣。

我的创作也是受陕西文艺创作的现实主义传统影响的。陕西有几位重要的作家：柳青、路遥、陈忠实、贾平凹，他们都注重在现实中汲取营养，都特别注重在陕西这块厚土上汲取营养。包括非常有名的长安画派，像石鲁这些老艺术家，他们有一个说法，我觉得非常有道理，叫“一手伸向传统，一手伸向生活”。我觉得这对小说创作甚至对其他的创作，都是有借鉴意义的。在他们的旗帜下，陕西出现了一批大画家，包括大家知道的刘文西[①]。他长期创作陕北题材的画作，2019年去世，享年八十六岁。虽然身体不好，但每年春节，他都会在延安最贫穷的山沟里和老乡们一起过年，坚持了很多年，他就是在汲取养料。我觉得作家汲取生活的养料是非常重要的。从《诗经》开始，很多文学作品其实就是在

①代表作有：一百元人民币上面的毛泽东画像。

对民间进行调研的基础上形成的。其他的如孔子、墨子，这些先贤都注重民间调查。司马迁写《史记》，用了三年多时间，把名人的故里、重要历史事件的发生地，都走了一遍。照理说写历史是可以不这么做的，但他还是要走一遍，他脑子里需要这种重要的形象。还有梁思成和林徽因，他们为进行民间田野调查，先后在山西很多地方的古建筑废墟里面刨了十五年，山西的应县木塔，就是通过他们的历史调查才被发掘、发现的。还有费孝通，他是通过江村调查，写的《乡土中国》，内容涉及生育制度、乡土重建等。我想作家也是一样的，确实需要深入调查。外国作家也是要深入生活的，《巴黎评论》里采访了很多作家，他们虽然不像我们把这叫作“扎根人民生活”，但其实他们也是要深入进去的。写作写得最好的，肯定是写你最熟悉的生活。我觉得无论是有志于当作家的，还是做其他社会研究的，都应该加强民间调查。人文学科是综合性非常强的学科，必须要对社会的方方面面有比较深入的了解。人文知识经常也会对理工科产生很多影响。我记得我在西安交大采访过陈学俊院士，他是热物理学科的专家。我到他家去采访过几次，每次一进去，他啥都不说，让我坐着听他朗诵他写的诗。我就觉得，这一代的知识分子，即使是学理工科的，他对人文领域也特别关注。像钱学森这些大专家，身上都有这种特质。我觉得这是不矛盾的，对人文的关心，可能影响你的思维，影响你的行为方式。所以人文学科可能是非常综合的、非常重要的，即使不当作家，我觉得注重一些社会调查、注重民间调查也是很重要的。

用生活的花粉酿制艺术之蜜

作家的创作生活常常让我想到蜜蜂的工作流程。它们从植物的花蕊中，搞得一头雾水地嗡嗡乱采乱挖一通。当蜜囊被塞满后，整个身体已变得像现代派艺术的某些斑驳色块。它们五彩缤纷地飞回蜂巢，吐出蜜汁，交由后勤管理部门进行加工存储，以备寒冬来临、大地萧瑟时享用。它们万万没想到的是，劳动果实的70%左右，都让我们人类收割并加工成舌尖上的美味了。而给它们巢穴里留下的食品，仅够它们熬到来年春天，大地再次花开时。有些下手重、割得狠的养蜂人，还不得不给它们喂白糖水，以延续来年还要继续创造劳动价值的生命。蜜蜂从花蕊里勤勤恳恳挖掘进自己胃袋的花粉，含水量达到80%以上，经过体内转化酶的作用，也就是发酵后，再在温度较高的蜂巢里吐出来，由内务部门进行深加工，不断蒸发水分，使含糖量持续上升。当提纯到一定程度后，再用蜜蜡封存待用。

作家的创作与之十分相似。我们讲生活是创作的底色，讲深入生活，而由生活转化成创作成果的过程，就是采摘花粉、转化发酵、蒸发水分、持续提纯的过程。但源头是花粉。没有花粉的广泛采集，终是无蜜可酿的。比如北京本土作家史铁生写的《我与地坛》，无论什么时候读，都会感到由独特生活观察、体味而来的不可比拟的独创性。地坛已有四五百年历史了，我个人觉得它最深刻最撼人心魄的是史铁生心灵震颤所带来的生命活性，如此静穆，又如此骚动。也只有他这种静如大海深流的观察，才可能把那么多芸芸众生带进艺术的世界，并在命运这只看不见的手中，搅动着不同生活形态的动人交响。也只有这种用生命进行的入微体察，才能把春秋冬夏一年四季的变化写得那么波澜壮阔又毫发毕现，且富含生命的诗性与哲理。还有一个重要作家，也能很好地体现出采蜜与酿蜜的关系，那就是我特别喜欢的肖洛霍夫。他的《静静的顿河》[①]不能不说是来源于他广泛采摘与沉静酿蜜的过程。如果他不是顿河旁边的哥萨克人，如果他没有从参与战争的毛细血管里去体悟战争这架机器的疯狂搅动过程，就不可能在残酷的现实演进中，酿制出一部充满了人性尊严与光辉的文学巨著，尤其是无法让我们看到那些精彩细节、语言、俚俗，以及土地、河流、人情之间难以撕裂的化学反应式的属于美好文学的浓烈勾兑。

文学来自生活，而对生活的一切感悟都来自观察。牛顿因为观察到苹果落地，而认识到万有引力法则。法国昆虫学家法布尔并无意于当作家，就是因为比别人多了一份细致入微的观察，而形成了一部非文学的经典《昆虫记》。通过显微镜，科学家进一步观察到：小小的蝌

①全书共4部，分别在1925年、1929年、1933年、1940年出版。

蚪身上有五十多处血液循环线，它把血流从极细的管道运送到尾巴边缘，再通过弯弯绕绕的游丝管线，从尾巴梢流回心脏，生命因此变得持续而有活力。因为我是一个业余天文爱好者，多年来都在阅读这方面的书籍，并长期订阅着《天文爱好者》等杂志，家里也有一台不错的天文望远镜。而奥妙无穷的天文学最核心、最关键的词汇，就是"观察"二字。一切伟大的发现都是观察出来的。通过观察再思考、计算，浩瀚的宇宙便变得清晰起来。回到文学，曹雪芹如果不是亲身经历了家族的巨大兴衰，就不可能有《红楼梦》那种致广大而尽精微的总体性世情记录。我们从前辈那里学到了无尽的写作方法，也上了无数堂文学大师课。他们总结起来无非是"多看多写"四个字。看是看书，也是看世界，包括看自然、看人间。我有一个同事的母亲活了九十多岁，一有病，立即就要让无论远近的儿女都赶回来围在床边召开紧急会议，核心议题是研究她怎么活下去。她不想死。而她要活下去的唯一理由就是还要再经见经见世事，她说她还没经见够，好看的世事还多得很。她不是作家，但她有一颗适宜当作家的好奇心。

我个人的创作，也紧密围绕着"观察"二字展开。我始终信奉要写熟悉的生活这个铁律。只有熟悉了，烂熟于心了，才可能去寻找生活背后的潜藏。否则，仅生活真实不真实都把你整得够呛，哪可能还去透过现象探寻它的本质呢？我写第一部长篇小说《西京故事》，是因为当时我工作单位的门口有一个巨大的劳务市场，整天有农民工把那里围得水泄不通，时间一长，他们甚至成了单位门脸的一部分，作为管理者，我才不得不关注起他们来，由此也把我带入西安的几个城中村中。我竟然发现好多只有一两千人的村子，都聚集着四五万人的农民工群体。他们既生活在杂乱无章中，又井然有序、资质各异地施展生存技能，让一座座高楼矗立起来，让一条条马路宽阔起来，同时也让自己的家庭在城市的犄角旮旯处生根发芽。由此我开始了长达三年多的走访、记录，先写成舞台剧，又根据密密麻麻的手记，创作了五十万字的长篇小说，想努力书写这个时代城乡二元结构中的裂隙与融通。而《装台》是《西京故事》的继续。因为装台工基本都是农民工，他们过着“夜猫子”的生活，有时整夜装修搭建舞台，好让艺术家们在正常上班时进入排练。我有晨跑的习惯，常常看到满院子只要有能躺下的地方，他们都会找到那点可怜的舒适区，蜷缩着补觉。这是一群普通人的有关日子的演进，无尽的细节扑面而来，我在写他们讨生活的不易，也在整合他们相互搀扶的不经意姿态和彼此照亮的一种暖光源。

至于长篇小说《主角》与《喜剧》的写作，就完全是在浸泡过的生活中提取所有养料的快意之作了。它就是浸泡，不是观察。因为我在文艺团体做编剧、做管理近三十年，很多时候是浸泡其中而不自知。所谓快意之作，就是完全不需要再去深入任何生活，不需要了解任何情况，包括一些很专业的技术和知识，只是抽取、建构而已。《主角》努力地汇聚了我所熟知的所有主角的生命特征，我把他们置放到一个与我同频共振的四十多年改革开放的大背景中，让一个山间十一岁的放羊孩子历经磨难，半懵懂半清醒地成长为一个古老剧种的“金皇后”。我是希望她能承载更多我的精神生命的寄托与思考，在物欲横流的名利场上，有一份浑朴、诚恳与纯净，从而更值得观众去千呼万唤与“捧角儿”。而《喜剧》则是通过父子三个喜剧演员从红火到落寞的舞台生涯，讲述了时代过度索要喜剧，“喜剧之子”也在拼命娱乐观众，最终遭大众遗弃的喜剧与悲剧的切换过程。古往今来的优秀文学艺术作品，尤其是舞台剧，都是经过人民数百年千滤万选出来的。观众说行你才行。一部文学史与戏剧史也反复告诉我们，人民是最终的评判者。

当然，一切生活都只能是生活，它绝不是艺术。艺术是用广泛撷取的生活花粉酿制出来的极其简约的蜜汁。我们有了丰富的生活，并不意味着就有了美好的艺术。艺术来自我们对生活如切如磋、如琢如磨后掰乱揉碎了的重新建构。我小说的主角，每每出来都有人在一一对应，我甚至不得不用上“作品纯属虚构，请勿对号入座”的老套路。没有任何一个人的生活能照搬进小说和戏剧，我是在用我的语言、趣味、结构方式讲述我的故事，更是在用半生的生命记忆重建我的精神世界。写作永远是个新课题，我只是想把故事讲得生动一些、流畅一些、有趣一些，尤其是要有自己的语言风貌，如果能有所共情，那更是求之不得的事了。

2022年10月28日为北京《十月》“文学之夜”草就

创作是一个人孤苦伶仃的长跑

创作是最不好谈的，我一般能推就推，主要是怕谈不好，让大家感到索然无味，也没有多少可借鉴之处，白耽误了大家的时间。但今天我还是坐在这里。我提前向主持人要了花名册，是想了解各位的创作背景，以便更贴近实际地谈一些话题。在座的有写小说、散文、诗歌的，有网络作家，也有写舞台剧、影视剧的，还有创作管理人员，应该说构成相当丰富，有些还是我较为陌生的领域，比如网络创作，但终归都是文学艺术创作，也便有了共同的切入点。主持人希望我多结合自己的创作实例，跟大家交流一些具体的创作感受，我就想到一个题目——《创作是一个人孤苦伶仃的长跑》。

好多作家都有长跑的习惯，比如村上春树，每天十五公里，那个我们做不到，一是环境，二是时间，三是体力，都可能对我们构成限制，但他给我们树立了一个很好的榜样。同时，也告诉我们，写作是个体力活儿，甚至是个重体力活儿，需要做必要的体能训练。不仅长篇小说的写作如此，短篇小说大师门罗每天也会走动五公里，一直坚持到九十多岁。据我了解，中国作家也有不少既长跑也暴走的高手。王蒙先生已是鲐背之年，但无论刮风下雨，都会到户外走动万步左右，并喜欢把成果发给朋友。我想他不仅是为了分享，更是为了获得一种自励与监督。

创作是一个人的长征。艰难险阻、迂回挫折都在所难免。有时你得“爬雪山”，有时得“过草地”，有时得“飞夺泸定桥”，有时须“攻占腊子口”。你常常会写崩溃，唯一的救赎就是写下去，阻断、卡壳，再写、再崩溃，直到走出崩溃。尤其是早期写作，那就是一种强制训练，明显感到无能为力，弹尽粮绝，筋疲力尽，可你还得咬牙坚持，写下去了，很多管道就疏通了，那种通畅感会激励你继续朝下写。我始终觉得写作没有捷径可走，也没有特别的“技术指南”和“偏方”可以帮助你一夜飞升，那就是一种持续摸索的过程，一如人类的所有经验，都是反复试错试出来的。一个人没有亲身感知过水火之烫，是不可能从别人的描述中深度理解沸点与燃点的水火温度的。就像我们无意中被电击过一次，必然获得比任何触电警示牌更深入骨髓的“谨防触电”效果。写作的根本诀窍之于我，还就是前人已反复讲过千遍万遍的那点经验：多看多写。看是看书、看世界；写是用量的积累，换取质的飞跃。那些“创作指南”之类的东西我也会看，但只是看看而已，千万别抱着这个不放，而舍弃了“多看多写”四字真金。那是舍本逐末的事情，耽误会很大。好了，下面我就按照主持人的要求，结合自己的创作，谈一点个人的体会。

让我最早有“孤苦伶仃的长跑感”的是《迟开的玫瑰》的创作。那年我三十二岁，刚完成三十二集长篇电视剧《大树小树》的写作，这个剧央视一套播了，也获得了“飞天奖”。我本来是要在电视剧创作的轨道上顺滑下去，可突然被任命为陕西省戏曲研究院青年团的团长，便不得不继续在舞台剧的创作上发力。《迟开的玫瑰》是眉户现代戏。眉户是由流传在陕西眉县与户县一带的民间歌舞小调发展起来的一个剧种，在西北五省和山西、河南都有广泛流播。特点是轻松活泼、节奏明快。不过在发展过程中，也融入了大量秦腔慷慨悲歌的元素，因此，也算是西北一个大剧种了，特别适合演出现代戏。“民众剧团”在延安时期创作了很多很有影响的作品，就是眉户剧。

《迟开的玫瑰》讲述的是一个大姐的故事。这个大姐十分不幸，在她年仅十七岁的时候，母亲突遇车祸身亡，而父亲早在母亲去世前，就在建筑工地被塌断了脊梁，是个坐在轮椅上的残疾人。可这个家庭却有四个孩子要吃、要喝、要上学。那时社会保障体系并没有建立起来，靠街道办以及街坊邻居、亲戚好友赞助，也就是仨瓜俩枣，解决不了根本问题。严酷的现实，逼迫着十七岁的大姐乔雪梅收起了大学录取通知书，毅然挑起家庭重担，以柔弱的肩膀将两个妹妹和一个弟弟送向“人生正轨”，并为父亲“养老送终”，自己的人生却一再“溃败倒退”，最终与大家都普遍“下眼瞧”的下水管道工结为这个城市最底层的“新家庭”。全剧始终在诘问人生价值这个话题。倒不是单摆浮搁、主题先行，而是我们普遍都面临的社会困境。那是一个崇尚豪车宝马与“住别墅的女人”的时代，获取财富的手段不重要，关键看结果是不是“真阔了”。实现个人价值成为那个时期最时髦的话题；至于什么叫个人价值却甚少被客观而有价值的解读。这部作品在出笼过程中，自然遭到不少质疑，甚至出现了较为强烈的反对声。有一段时间，我就特别有种孤苦伶仃的一个人的长跑感。讲一个笑话，有一次开《迟开的玫瑰》研讨会，我竟然出去上厕所跑了八趟，实在是听不下去了。忠言逆耳，也许他们都在说忠言，但对于我，那就是逆耳得很，听得人头皮发麻，脚趾头在地上能抠出坑来。好在作品终于见了观众，并且好评如潮。每晚剧场几乎都会爆发几十次掌声，有时甚至达一百多次。很多是向导演、演员、作曲、舞台美术致敬，但剧情的着力点，都有切实而有效的积极反馈。有一个叫康式昭的戏剧专家读完剧本后，在封底用铅笔写了一句话："'迟'剧在今天出现，是一部具有'反潮流'意义的振聋发聩的作品。"当然，不同声音仍在持续。这是很正常的见仁见智现象，因为我写这部戏的起因就是在"逆潮流而思而动"。何况大多数时代，赶时髦、跟风与顺滑思维，是一种常态。我以为任何社会的基石都是普通人。社会是个宝塔结构，站在塔尖的毕竟是少数，而庞大的基座不稳，塔尖与塔身都将不复存在。历史反复证明，任何时代一旦忽视了塔基的作用与价值，终究轰然坍塌。我们衡量一个人成功与否、有价值与否，永远都是一个特别大也特别综合的概念与命题，看站在谁的基点上。如果剔除了普通人的活法，那有价值的人生就不甚多。

创作的过程虽然艰辛，正式演出前，也曾面对很多人的不解，但观众给予这部作品的肯定是让人欣慰和感奋的。我这里要特别讲一讲《迟开的玫瑰》在陕西省宝鸡市东岭村的一场演出，虽然过去二十多年，但至今场面记忆犹新。那个村是一个很有名的村子，出了一个民营企业家叫李黑记，他由锤铁桶、制造铁钉子干起，直到把一个村干成全国有名的大型民营企业。那时李黑记每年都要请剧团到他们村里演出，我所在的青年团由于阵容整齐、梅花奖演员多，而屡屡被邀。由于东岭村就在宝鸡市郊，因此，那天演出《迟开的玫瑰》时，观众达到五万人以上。这个数字是当地派出所提供的。东岭村是一个有名的“戏窝子”，逢过会、逢大事必唱戏，据说这个传统坚持了很多年。秦腔也正是有这样的“戏窝子”，才形成了十分广博的生命力。五万人的场子很大，尽管我也见过物资交流会十万人看戏的场面，用黑压压一片已经不能形容那种浩荡情势。舞台是临时搭建的，陕西关中这种木架结构舞台很多，是流动的，随时可以拆卸，也随时可以组装起来。坐在前边的观众用稍低矮一些的板凳，中间再出现高板凳，后边的观众就只能站着看。而在站着看戏的观众后边，又有立在自行车、摩托车、架子车、拖拉机，甚至驴背上的观众。再有很多孩子是上到附近树上看的，一簇簇、一窝窝，看上去很是吓人，骂都骂不下来。村里有人拿长竹竿戳、敲，娃娃们仍是越团越紧地龟缩到了树杈间。总之，天上地下，都塞得满满当当的。还有许多游走者，在四处钻空子。那天是音箱与高音喇叭混用，尽管有那么多人，但远处还算能听见一些戏词。我多年都有坐在剧场与观众一道看戏的习惯，那种感知世道人心的体悟是十分独特的。观众在哪里呼应，在哪里鼓掌、躁动、唏嘘，你都能真真切切觉悟出一个时代人的总体精神气象，何况这是五万多颗心脏的集体跳动。我始终与村里的治安人员以及派出所的诸多民警游动在最外围。两个半小时的戏，我连一分钟都没坐下，就那样做着“游动哨”。一是怕现场出踩踏事故；二是操心音响声能不能传递到观众耳朵里；三是作为一个编剧，我要印证这五万多观众的生命精神回响。这场演出整体爆发了一百多次掌声，当然很多是为演员们的精彩唱腔与表演而鼓掌，但我希望听到的人的精神质地的回应，都更加坚定了我对创作素材以及基本创作面向的精神笃定。所谓关注小人物、关注普通人的创作，没有比观看这场演出的五万多人的肯定对我来得更直接、更醍醐灌顶、更持久管用。让我欣慰的是，这个剧过去二十七八年了，至今仍在演出，并且全国有多个剧种移植。它的生命力是对我创作生命长跑的最好回馈。

另一次让我印象深刻的孤独长跑，是电影剧本《司马迁》的创作。这是一个至今都没有拍摄过的剧本，之所以要特别说说，是因为这趟长跑对我的创作具有特别意义。那也是二十几年前的事了，西影厂约我写《司马迁》，应该说自己有些斗胆，竟然一口应承下来。当面对浩瀚的史料，坐到写字台前时，我才发现这是把泰山移到自己背上，企图站出来走两步啊！好在没有创作时间要求，我就从读《史记》开始，一点点找感觉、做笔记。过去也读过《史记》，只是一些篇目，而没有完整通读过。这次无论如何得通读一遍。五十一万多字，要不是有不少生僻字，可能还能读得更快一些。二十几天，算是连爬带滚过了一遍。读完，书上也到处都留下了折页、划痕、拼音与各种标注。可越读越觉得毫无感觉，几乎是老虎吃天——无法下口。我便找到一个研究司马迁的专家，请教他有关司马迁写作的着力点。他给我介绍了很多资料，直到这时，我才知道有关司马迁的研究浩如烟海，仅翻阅这些资料也需很长时间。但这位专家给我的建议是，读这些都不重要，根本是通读原文，至少把《史记》读三遍，再说写《司马迁》的事，否则只会事倍功半。他说他研究司马迁的诀窍，也就是反复通读原文，甚至背诵一些精彩段落，在诵读中去寻找那些可能引发思考的蛛丝马迹。我便带着这个要领，又回到通读原文上。阅读的速度也慢了下来，几乎是又用了三个多月时间，才完成了另外两遍的通读。随后，我就

把阅读转向了市场上那些层出不穷的司马迁传记。

任何一个领域，你只要打开一个缺口，就会发现堂奥深不见底。尤其是司马迁这样带着中华民族历史根性的开河式人物。我仅传记之类的就随便买回十几种，其中当然也包括李长之这样的大家对《司马迁之人格与风格》的深邃探究等。只有熟悉了《史记》，才知道哪些传记写得好，哪些完全是借《史记》的故事在那里生搬硬套，瞎编乱造。读了一些传记，然后又读一些研究史料，就开始了《司马迁》的创作。这是一次难度特别大的创作，甚至比此前接受的一个创作任务《大树西迁》的难度更大。秦腔《大树西迁》是以上海交通大学西迁西安为背景创作的舞台剧。同样是历史纷纭多变，且有现实的真人真事的许多限制。为创作这个剧，我先后在上海交大博士楼住了三十几天，查阅大量资料，会见各种与西迁相关的人物，后又在西安交大外教楼住了四个半月，前后搞下近百盘采访录音带，最后写出的剧本也就三万字，而耗去的时间达两年之久。说《司马迁》插进一个《大树西迁》来，也是想讲这两趟孤独的“奔跑”最后形成的文字都不多。电影剧本《司马迁》写出来也就五万多字，而历时也是两年之久，最终还没拍成。又过了若干年，再有人提起《司马迁》来，我又读了一遍《史记》，并进行了重要修改，但仍是无疾而终，好在领到了一点稿费。

回想《司马迁》创作的日日夜夜，除了通读《史记》，就是背诵《报任安书》，那时还真能下笨功夫，发现《报任安书》就是司马迁一生最生动的写照，便背诵下来，躺在床上，闭了眼睛，一边背，一边复活他悲催、苦痛但又辉煌灿烂的一生。虽然这个剧本几起几落，最终仍是石沉大海，但对《史记》的四遍通读，却让我受用一生。这是我生命长跑中最有耐力、价值和意义的一次长跑，表面看收成甚薄，但实际意义远远超过所有相对简单的重大收获。

虽然在写作之前需要做大量的资料准备工作，但舞台剧毕竟容量有限，很多更开阔的思考无法容纳。这也是我写完现代戏《西京故事》再写同名长篇小说的原因。我已多次讲过，关注《西京故事》这个题材的起因，是我当时工作单位的大门外，每天都拥塞着一两千农民工，他们在这里等待机会，以挣钱养家糊口。现在已经没有这样的景象，那些年，无论车站、码头，都会看到朝外涌流的农民工人潮。他们有的甚至排着队，就在别人肩头睡着了。背包和提兜也都奇形怪状，至今我回想起来都有一种苦涩的感动。在城市的许多地方，都会鼓荡起这样的激情“旋涡”。每逢“春运”，我们会在车站看到人挤人、人摞人的“汹涌波涛”。那是数以亿计的被户口这种形式死捆在土地上的农民突然获得了“自由流动”的一次生命与精神的大解放。但这种解放并不意味着一蹴而就的自由与幸福的“泼天”而至。有些人在流动中，找到了机遇，捞到了第一桶金，实现了蝶变而彻底华丽转身；有些人挣到了温饱且还能养活一家老小的“小康财富”；而有些人，便在苍茫的世事云海中，变成一粒微尘，来回漂浮，终是没了落脚生根之地，土地回不去，都市扎不进，甚或晃荡成一代“流民”。总之，那是一个纷繁复杂的时代，它给文学艺术提供了从未有过的丰富入场券。

我从单位门口“牛皮癣”一样粘贴在那里永远“清理不掉”的劳务市场切入，直寻访到西安的诸多城中村，进行了相对长期的调研体察，再从城乡二元结构矛盾中进入到都市里的村庄，再深入到一个家庭进行解剖，终于搭建起一组父子尖锐冲突的矛盾，继而打开更广阔的社会面，让一部三万字的戏剧，承载起我想表达的城乡交汇与融合中的犬牙交错与深层结构性对峙。这种对峙的张力是巨大的，它能压榨出一个人生命与精神内里的汁液。仍是托导演、演员、作曲、舞台美术的创造功力之福，这部戏不仅在城乡演出中收获颇丰，而且还在全国一百多所高校的巡演中，赢得了数十万师生的广泛热捧。戏剧对于一个创作者的诱惑是致命的，古往今来那么多人热衷戏剧创作，包括莫言先生也说要把自己以后的创作重心放在戏剧上，这对剧作家是一种鼓舞。戏剧创作是有比较高的门槛的，没有经过一定训练，几乎连一个小戏都有完成难度。而莫言先生的几部戏剧作品已经证明了一个大剧作家的确切高度与辨识度。他对戏剧的理解是非常独特的，反过来值得剧作家很好地去学习。对于我，戏剧创作的根本诱惑还在于能同观众一道，一次次地把整部戏从头到尾过一遍，再过一遍，再过一遍。观众的所有情绪反应，包括笑点、泪点、痛点，都让我们能够获得创作的长进。戏剧是互动的艺术，每次演出都会因观众的阶层不同，而产生甚至完全相反的效果。编剧牵引着观众进入历史、现实，包括神话、科幻场域。反过来，剧场的综合效应，也在重塑着编剧的世界观、人生观与价值观。剧院是一个具有魔性的特殊场所，它有巨大的生命精神共性，我们在这里能更加丰富地体察到同理心这个人类共存的概念。而我从《西京故事》后却逃离了。

当时出逃的根本原因，就是戏剧的荷载量问题。俄罗斯圣彼得堡马斯特卡雅剧院根据《静静的顿河》改编的话剧，首演时达二十四小时之久，观众要分三天观看。到中国来演出的压缩版，也长达八小时。日本能剧一般观看时长也在五六个小时，中场给观众管一顿饭，那也是一票难求，观者趋之若鹜。我总觉得我们的观众少了这种耐心，尤其是短视频盛行以后，现在两个多小时的长度都成了问题，总见有人在呼吁要短些再短些。很多好戏被裁撤得惨不忍睹。一些重排的经典，也被“大卸八块”与“芯片植入”得离奇怪诞、魂不附体。我们欣赏文艺作品越来越陷入了只想了解个大概的程度，有时似乎看看说明书就够了，不想进入细节，而文学艺术的要妙就恰恰在丰富的细节上。对于有些题材的创作，的确需要一个长度，我就选择了长篇小说。从戏剧《西京故事》到长篇小说《西京故事》，也是我的一次特殊“长跑”。历时五年多，转换是艰难的，有时也是写得几近崩溃，但却是心甘情愿的。

从长篇小说《西京故事》以后，我连续写了《装台》《主角》《喜剧》三部反映舞台内外世界的长篇小说，应该说都写得比较顺利，因为生活的积累，几乎不需要去做任何额外的补充和有关资料的提取。我在文艺团体做了三十多年的专业编剧与管理工作，无论涉及哪个行当哪个领域，都具有一种书写的自信与自觉，也能跳出去看业内。因此，我始终认为，写作者最熟悉的生活是创作的一种特别重要的本领。当然，不熟悉是可以去熟悉的，但需要花成倍的工夫与气力。这里边似乎没有捷径可走。

在创作《喜剧》的过程中，另一部与舞台生活并不直接相关的作品也同时在铺开，它就是最近出版的长篇小说《星空与半棵树》。那是我对故乡的一次深情回眸。儿时对星空的记忆几乎伴随着一生，包括我后来对天文学的业余爱好，都与那时面对灿烂星空的激动不已有关。那是懵懂初开的惊异，也是雄姿勃发、壮怀激烈的仰望。那种星空我再也没有见到过，但有深刻记忆也就足够了。我希望我的故乡仍然是繁星满天、霞光万丈的景象。我盼望那一方水土的人们能各有尊严地与他人、与自然、与自己和谐相处、守望相助一生。文学说到底关注的还是人性问题。一切美梦成于人性之真、之善、之美，而一切美梦

也都将因人性之假、之丑、之恶而破灭。我读威尔·杜兰特夫妇写的千万字大著《文明的故事》，尤其对西方千年宗教统治最终毁于人性感慨最深，原来这些“深不可测”的神职人物，比普通人更爱金钱、更爱财物、更爱权力且为人偏私阴损、淫荡成癖、背过人几乎无恶不作，那神圣即不再了。文学的任务其实很重，道路宽而广博，只要人性在，文学就够忙活的。《星空与半棵树》就是希望通过对各种人物的生命境况的书写，思考人性、人心以及人与自然等问题。小说的主人公是一个热爱仰望星空，却不得不时时面对一地鸡毛般琐碎生活的基层公务员。在差不多十年间，在面对和处理具体的现实问题的过程中，他的家庭、情感和心理都发生了很大的变化。通过他的生活，打开丰富、复杂且广阔的人世间各色人等的生活和命运。这里面也写到了在传统和现代之间的乡村文化的冲突和融合，写到了不同时期理解和处理人与自然关系的不同方式及其意义。这也是一次让人难忘的“孤苦伶仃的长跑”，漫长的写作过程仿佛一个人置身于茫茫荒漠，要在无路处开辟道路，不仅要写新的生活经验，还要创造新的艺术表达方式。期间艰难，自不待言。猫头鹰这个“角色”的设置、戏曲艺术表达方式的使用等，就是为了打开更为开阔的观念和艺术空间。艺术创造是没有尽头的，因此一个人“孤苦伶仃的长跑”仍会继续。其实我在生活中也是一个长跑者，一天平均六到七公里，有空就跑起来。

谢谢大家！

（根据文学讲座录音整理）

心灵才是人类伟大而壮丽的作品

谈创作是一件很难的事。既然身在创作中，就不免要时常谈起来。搞了几十年戏剧创作，也谈了几十年戏剧创作，后来渐渐就不敢谈了，发现你怎么谈都是盲人摸象。人类对戏剧的创作探索太久远了，任何人在其中的一个段落，都会以为自己发现了真理，有了创造性贡献，但时间再朝前涌进一段后，有些就烟消云散了，而有些依然在熠熠生辉。真正能常走远的，就是那些直抵人之“命门”——生老病死、悲欢离合的作品，且总是与大历史深深契合。人是活在社会、环境、历史中的高级动物，从生到死，都被自然、社群、他者死死牵绊着。所谓内心挣扎、生命深度，都是现实环境颐养或压榨的结果，最终是以悲喜剧或正剧的方式体现出来的。因此，两千多年的戏剧长河，流淌着的，就是两千多年的现实。即使是一种叫神话剧的创作，也都是现实的水盆显影。我们所能做的，很可能就是一种时代书记员的工作。哪怕是写历史剧，也是站在现实的基点上，一如司马迁，我读《史记》，通篇感受到的都是他所安身立命的那个时代。

这是一篇约谈小说创作的稿子，先说了半天戏剧，我是想，人类戏剧创作的起源，要早过小说千年以上，并且直到今天，戏剧仍然以极传统与极现代的两种方式，也可以称之为两个车轮，在朝前滚动着。有时两个轮子有所配合，有时完全是各滚各的。车轮下泥水四溅，依然有跟着跑、跟着叫好的。最传统的，几乎像活化石一样，残存着数千年文明的各种骸骨；而极现代的，演员站在台上，只把一些道具搬来摆去，或是一些肢体上的暗示隐喻，甚或冲观众破口大骂一晚上，有时骂得人丈二和尚摸不着头脑，还是有喊叫骂得好、骂得妙、骂得开了新风气。当然也有很多折中主义的创作者在努力让传统与现代水乳交融，有些是内容上的相互滴灌渗透，也有技术上的剪接化合。总之，世界戏剧的丰富性令我们目瞪口呆，也目不暇接。我是带着戏剧的两个极端与折中来认识小说创作的。因此，我读小说，喜欢两极中的极端，也喜欢折冲中的胶合平滑。总之，写作是要让人看、让人接受的。即使想让读者“走出阅读舒适区”，也须扫除一些不必要的障碍，尽量好看、好读一些。

还拿戏剧说事。戏剧有一个老词，叫“伺候观众”。无论“戏比天大”，还是“老天赏饭”，都与观众有关。没有观众，戏剧就不存在了。戏不能只演给自己看，业内戏谑称为“自拉自唱”“自娱自乐”。因此，历史长河中的戏剧行，研究市场与观众的意识明显强过其他一些文艺门类，当然与“早熟”有关。从某种程度上讲，“伺候”有卑微的“迎合”之嫌，但经过长时间历史汰洗，流传下来的，必是那些能说清楚人情世故、人性百态，以及生存还是毁灭，活着还是死去，龟缩还是反抗，喻利还是喻义，贪婪还是节制，向前还是后退等重大问题的剧作。一切都在对观众的“伺候”中，才积攒下了一些叫“共鸣”的“干货”，也成为今人奉若神明的经典。由此反观小说创作，其实也不无认识价值。小说的起源也是希望通过说话吸引人来听，当然听众越多越好。无论我们的唐代传奇、宋元话本，还是盛开在中东的《天方夜谭》（又名《一千零一夜》），抑或是被誉为西方现代小说鼻祖的《堂吉诃德》，以及《鲁宾孙漂流记》等，都是在努力讲述好听的故事，至于里面所包含的人文思想与精神广度、深度，都是一代代读者阐释出来的。笛福一生写了两百多部小说，就是想吸引更多读者，从而有更大的印刷量。当然小说在成熟，作家也在巨人的肩膀上朝前眺望，我们可以绕过“迎合”“伺候”的卑贱姿态，但绕不过给读者书写的动因。从这个意义上讲，戏剧演给人看，小说写给人读，将是一个永远的“行规”。

历史离开了人，就是一盘“空白带”。正是有了人，有了人的无尽书写，而让我们知道了打我们降生以前的世界。人类自发明了文字，才是文明的真正起源。到今天已有十分丰厚的积存，每个人都已载它不动。我们能背负与打开的，只能是冰山一角，或压缩饼干式的文明“简笔画”。人类历史细微处的记载，拉开任何一个切面，都会令我们惊恐万状，毛骨悚然，原来我们是从这样一个茹毛饮血、一地遗骸的道路上踩踏过来的。历史尽可以越来越详细地去记载它的“致广大”与“尽精微”，但对于个体，认识历史与把握历史的手段，只能是算减法。尤其对于写作者，任何企图涵盖人类历史全貌的书写，都只能是一种野心与叙事梦呓。我们能做的，可能就是巴尔扎克所说的书记员的工作。我们只能是自己所处时代的书记员，哪怕你写的是洪荒宇宙、银河黑洞，那也只可能是我们时代所能认知的一点经验而已。两千年前，亚里士多德认准了地球就是一切的中心，所有天体都在“打配合”；五百年前，哥白尼发现，太阳才是中心，地球只是太阳的一个“玩伴”。哥白尼的“铁粉”布鲁诺，甚至因此被宗教裁判机构烧死在罗马鲜花广场。那时烧死对撼动上帝所处位置的“妖言惑众”者，几乎是家常便饭；直到近百年，我们才搞明白，连“太阳王国”都只是银河系一个十分普通的星体，平凡得像一颗小“粉瘤”，不痛不痒地长在银河系的胳膊上。近几十年才搞明白，银河系在庞大的宇宙中也只是一粒微尘，宇宙在统计GDP时，大概还会忽略不计，因为小得不值当。包括人类今天对AI的津津乐道与惶恐不安，很可能在未来的某一天，也是一个笑柄。就像几十年前一台计算机，需要几间房来陈列设备一样，今天一个几纳米的芯片就把海量的数据处理系统搞定了。从这个意义上讲，当代作家做好当代的“书记员”，可能是一种较为恰当的选择。哪怕我们只是给未来世界贡献了一个笑柄，但这一环节总是不可绕过的。就像亚里士多德、哥白尼、布鲁诺，他们都为他们的时代记录下了十分宝贵的文明珍贵痕迹，尽管从真理上已显得稚嫩，但精神探索的光芒却充满了亘古不变的照耀性。

仔细想想，“书记员”也不好当。我们也面临海一样的信息，海一样的生活原浆，且不说还有浩瀚星空一样的历史负载。有趣的事多得很，前人没记录过的人事也如过江之鲫。尽管人性有诸多相似性，但在新的生命演进中，也有历史上人心、人情、人性包括人群、人民甚或人种所没有抵达过的现场，更别说新添了机器人这个诡异的角色。因此，现场记录的必要性将会永在。我们都想开疆拓土，但最终，一个创作者可能只被天然限制在一个自己所熟悉的场域里。海明威写出《老人与海》不是偶然的，他靠写作发财，挣了钱，就买一条好船，到海上钓鱼去了。有时满载而归，有时颗粒无收。时间一长，他就具有了那个老人的一切心态，落在纸上，便洛阳纸贵了。有人让他谈创作经验、思想深度和哲学内涵，他说他就是写了一个老人钓鱼而已。至于思想有多深，哲思有多妙，已不是他的事，读者可自己想去。曹雪芹也一样，他可能没有想到自己最终会活成一个写小说的，那时写小说还不是一个正经职业，抑或为尊贵者所不屑。而这一切都拜生活所赐，最后以“真事隐去”“假语村言”的方式，把他人生过往与痛切感悟和盘托出，记录了一个任何史家都替代不了的时代，甚至成就了一门叫“红学”的完全超越了小说边界的大学问。当然，写熟悉的生活也不是绝对的，卡夫卡没去过美国，却也写了小说《美国》，那既可当“假语村言”，也是一种但丁写天堂、炼狱、地狱的奇思妙想，包括约翰·弥尔顿把亚当、夏娃逐出伊甸园的神话重构，其本质还是对现实的隐喻与借指，一如我们可以把一群人弄到外星球上去恋爱、发动战争、寻死觅活，内心哪怕波澜翻滚如火山喷发，其本质还是地球上作者所知道的那点事的投射与翻版。之于我，在人类浩如烟海的创作队伍中漂浮的一粒芥子，还是更希望把自己的经历与触角所能及的过往，尽量以现实主义的方法记录下来。当然，我也不会拒绝一切为记录现实而已被前人所创建的诸多非现实主义的手段，因为所有手段最终还是给我们托出了光明与黑暗、美善与丑恶、真实与虚假共在并将永生的现实。

无论写戏还是写小说，不得不承认，还是个手艺活儿。故事、人物塑造、思想深度包括所谓的哲学辨识度体现，都在手艺中才能释放展现出来，因而就有了写作手艺的强调与训练。二十多年前，看一本写齐白石的传记，一个细节让我过目难忘：说齐白石年轻时跟着木匠师父出门干活，师父见了另一个木匠，急忙闪到一旁，十分恭敬地让人家先走，那卑微的姿态，让齐白石很是不解，就问："师父，都是木匠，咱可凭啥给他让路呢？"师父立即教导道："咱是粗木匠，人家是细木匠，见了怎能不让人家呢。"所谓粗木匠，就是干粗工大料活儿的，而细木匠，是负责雕刻描绘的，职业高低贵贱立现。由此，齐白石就立志要做一个细木匠。那些雕刻描摹手艺，在把花鸟虫鱼搞到乱真的程度后，再经人点化，进入了艺术的变形、夸张、提升，齐白石终成一代绘画巨匠。这都得力于训练的强化，然后才出现了飞升的一跃。才艺的确是讲天赋的，我跟演员这个职业打了半辈子交道，发现有些演员再吃苦，唱戏还是没灵性，咋唱都是闷不出溜的，少光彩。而有的演员一点就开窍，再加上必要的训练，立马就能"活灵活现""才艺俱佳"。我写了几十年戏，自我感觉最大的提升，就是那几年给影视剧写主题歌和插曲词。一首词一般修改都在百遍往上，好在词的体量小，一晚上就能翻腾好几个来回，甚至几十个来回。那种需要概括剧作全貌、提炼"传唱金句"的残酷压榨，前后煎熬出一百多首歌词来。那时我才二三十岁，头发一搔，飘落得满稿纸都是。我害怕提前把脑袋搞得过于"智慧"，而终止了这种"魔鬼式自虐"，但也在戏剧道白与戏曲唱词上，有了难以言说的收获。通过一种活性训练，从而在自然与理智中陶冶出一种创作习惯，比单纯听别人讲述要怎么创作，怎么创作才能更好，完全是两回事。训练的责任是启发心智、趣味与创造活力，让每个个体都有放松的清明自知，而不是搞"喂驴大餐"，用一种自己觉得了得的模式，把一伙人都带入"一群"里去，变得呆板僵化而不自知。包括小说创作，除了放量阅读、亲身实践、反复自我压榨、尽量避开那些“高级”而“滚烫”的通道，在我，似乎还没有别的捷径可走。

时间在飞逝，历史在流变，即使是科学、真理，有时也如一季灿烂的花朵，会无奈地凋落而去。牛顿发现了万有引力，以为把宇宙的真理拍死了，谁知又出了个爱因斯坦，以狭义相对论对万有引力进行了改进。当然，牛顿这朵灿烂的花朵并未凋谢，却是有漏洞的。自然科学都如此反复修改着真理的刻度，人文科学自是没有一蹴而就的道理。我们在这个世界上生长了几十年，发现仅语言表述习惯、用词与叙事话语体系，都在反复演变着。从阅读看，每一种通用语言都永远在动摇、位移、变异，有些字词被淘汰，有些被反转。作为以语言为根本材质的文学，自是不能不深切关注这些叙事的质性变化。仅从用词说，比如“奇葩”，现代汉语词典上的解释是：奇特而美丽的花朵。组词：奇葩斗妍，造句：这篇小说是近来文坛上出现的一朵奇葩。而现在“奇葩”完全变成了反义词，你再说谁的这篇小说是近来文坛上出现的一朵奇葩，作者大致是会看出你有病的。时间让语言的面貌风格持续在发生逆转，一如岁月会重塑一个人脸上的基本线条与爱恨善恶表情。因此，细细琢磨与品味生活，沉浸到语言的海洋里，去寻找自己满意的表达，当是一种很重要的“书记”方式。我从《水浒传》《西游记》《金瓶梅》《红楼梦》里看得最抓耳挠腮的地方，就是作者语言的独特感与丰富性，雅的不论，单说那些方言俚语，就能看到他们“故意”躬身拾取时的“得意”姿态，也常常是让我们今人仍要乐得喷饭的烂漫“奇点”。

创作谈就是一己的过往体悟，对于不同的个体，不具有太大的可

操作性。所有指导创作的说辞，都是有缺陷的，连牛顿的万有引力也不能免俗。倘若执意模仿，有时就会突然感到自己不会走路了，甚至扭捏作态起来。其实我们要记录的，还是人这个地球生物的此在。人性在每个时代大致都是一样的，抱怨也无用。贪婪、逞强、结伙、仇恨、傲慢、嫉妒、好斗、妄想以及情欲等问题，在不断扰乱着人类的秩序，任何教训最终都会以相同的方式重演一遍。有些戏看着是谢幕了，大幕又会徐徐拉开，再谢幕，再拉开，是不会有穷尽的。这大概就是人性的复杂与精妙了。很多东西要改变，可能需用万年与百万年来计算，可我们毕竟只有几千年文明史，人类已经进步得很不容易了！每个时代都会给我准备一大堆有关人的故事和材料，需要很多“书记员”从不同的侧面去进行记录，谁都不用担心别人操了自己锅里的菜，因为上帝创造的每个个体都是不一样的，记录方式也就会千姿百态。技巧永远是第二位的，记录到最深邃的心灵史，是“书记员”的主要工作。心灵，才是人类最伟大而壮丽的作品。

2023年元月25日为《当代作家评论》写于北京

《星空与半棵树》在首届『长江华语文学榜』上榜获奖感言

非常高兴能在这个以“长江华语文学”命名的荣誉榜上获奖。“长江”与“华语”在我们每个人心中的分量自不待言。华语题目太大，而长江无论在历史上还是现当代，都被文人墨客增添了无尽的光彩。也可以说，文学以至文化、文明，赋予了长江自然以外十分蓬勃的精神生命力。我们今晚聚集在三峡大学这个地方共话长江华语文学，显得尤其有意义。

我与长江有缘，我出生的地方——陕西省商洛市镇安县有一条河，叫旬河，这条河最后流进了汉江，而汉江最终在武汉与长江汇合。我想我儿时多次蹚过的那条河流，就是浩荡长江的一部分，虽然细小得有点微不足道，但我始终骄傲着我是长江边的人。并且相信家乡那条小河，对伟大的长江是有所贡献的。

我曾经循着我那条细小的河流旬河，一路步

行到与汉江汇合的旬阳县，又从那里坐船、乘车，一直到了与长江交汇的汉口，再登船，逆水而上，游历了三峡这样美丽的地方。我最深切的感受是：世间万事万物，能包罗万象、融会贯通者方能成其大。

文学是一种生命个体经验的表达，但这种表达与“大”有关。如果没有一种浩大的支撑，所有个体经验都可能形成生命的茧房。文学应该与他者有关，正像长江，流经的地方，必然万物生变，她几乎把所有东西都能拎起来，跟着一道起舞。这种盛大，正是文学所应该认识的力量。长江的丰富性和复杂性，对文学有天然的启示作用。

长篇小说创作的本质是要打开一条河流，为了让这条河流足够宽博，更需要写好支流与涓涓细流。一切事物都不是孤立存在的，一如河流，它与地理、气候、生物都密切相关。有些小气候，可以在一条山沟里形成狂风暴雨，而在另一条山沟中正阳光灿烂着。人类的一切活动都与自然有关，包括遥不可及的星空、太阳和月亮的任何变化，在我们的日常生活中都有重大反应。我写《星空与半棵树》，就是想努力找到这种看似无关的事物之间的内在逻辑关联。人类既要仰望星空，更需要关注脚下半棵树的琐细与微末。

感谢家乡那条生生不息、一心向往着大江的小河，感谢浩浩荡荡、滚滚东逝的长江，感谢评委会！

感谢大家！

2024年10月26日于三峡大学

“桂冠作品”，有点不能承受其重。非常荣幸获得这个殊荣。湖湘是文盛之地，英才辈出，文脉千古延绵。我本人也深受楚文化浸染，而我的出生地——陕西省商洛市镇安县，有很多人的祖上都来自湖南、湖北。我们那儿的很多方言、民歌、民俗，包括花鼓戏，都与湖湘文化有着千丝万缕的联系。今天来领受这份荣誉，是向湖湘文化传统的一种致敬。

我们每个人都要感恩养育了自己的时代，只要我们对身边和这个世界发生的故事保持着一种敏锐性，就可以记录、可以写作。我们需要为那些被遮蔽的声音，进行有价值的表达；为那些不容易看见的身影，拨亮一盏照耀的灯；更要为那些可能进入不了故事的人群，找到引人入胜的情节和细节，让他们走进文学。我们都需要直抵人心的表达，需要看到时尚生活以外人的社会复杂结构的观察与判断。同时，也需要与读者形成一

种纽带关系，努力去减少自我封闭、自我循环、自我旋转。而与读者建立联系的最好途径，就是努力去抵达他们的现实。所有壁垒都是自己形成的，我们应该深度参与到我们赖以生存的这个现实世界里。文学不关注现实，现实就会打开另一扇大门，而用其他样式向世界敞开，就会使文学抑郁而自闭。

我们尽管生活在现实中，有时并不了解现实，也更不理解现实。现实主义不是对现实的一种简单模仿，而是深度参与到现实的演进过程中去把握现实的重要方式，也可能增添了浪漫、魔幻、自然主义、象征主义、现代和后现代主义的元素，但其本质，仍是为了更加全整而真切地表达现实。无论世事怎么变，我们都应该有自己的眼光、步态、节奏和把握运行规律的定力。古往今来，一切文学艺术，为更多普通生命发声，才可能成就一门伟大的艺术，因为世界的声场是由千千万万普通人构成的立体交响乐。每个人都仰望过星空，但每个人都得顾及脚下“半棵树”的生存实际，我想这就是伟大的现实，也是伟大的现实主义。

感谢评委会！感谢主办方！感谢所有朋友和嘉宾！

2024年12月21日于湖南长沙

附录：

授奖词

半棵树，望星空，看似寻常的故事折射了人生命运的转承与社会生活的变迁，融入了乡村与城镇、人间与自然、大地与宇宙的诸多深厚意蕴。生活化的故事，戏剧性的叙事，彰显了炉火纯青的艺术手法、直面人生的现实主义精神和心系天下的人民情怀。

也说少数民族文学

对于少数民族文学创作情况，我了解不多。曾因工作原因，接触过几年，只感到那是一个巨大的宝库，需要悉心学习研究，才能略知一二。

首先，少数民族文学作品带给我的是一种独特的异质感、陌生化感觉，无论山川风貌，人情物理，对于我都有一种新鲜感。唯一的阅读障碍，就是一些人物名字，老记不住，或者总混淆。可读着读着，人的本质揭示，便拉近了我们与不同民族间的距离，不仅那些人变得熟悉起来，连不同的自然环境与社群形态也融入了我们共同的生活经验中。

但不同就是不同，正是因为不同，让我们有了了解与认知的兴趣，一如我们了解人类不同的文化、文明的兴趣。对于中华民族大家庭中不同成员的生命精神风貌，我们永远充满了好奇心，这大概就是不同民族应该有不同文学表达的理由。从总体性上讲，处理各民族不同的生活经验，实现个人所在的“民族文化叙事”和“共同体叙事”，永远都是不矛盾的统一体。我们在接触《格萨尔王传》《玛纳斯》《江格尔》这些史诗时，常常被那种完全不同的气息、气质、气场和处理人与自然、人与他者、人与自己的关系的独特性所吸引。直到今天，许多少数民族世代生存的地方，仍然勃发着那种唯一性的文化精神和生活气场。我总觉得文学在这里是大有可为的。

文学是照耀人类生存殊异性的一面镜子。没有殊异性，文学的表达便是鹦鹉学舌，或无意义的喋喋不休。在中华民族的伟大文学传统中，殊异性是一个很大的特点：包括《搜神记》《西游记》《水浒传》《三言二拍》《聊斋志异》，还有明清戏曲传奇，都特别讲究殊异性。少数民族文学在这方面有很大的优势，尤其值得发扬光大。文学最不怕的是地域之小，生存之偏僻，样貌之小众，常常是在这些地方，文学成其大了。我们并不知道一个叫水泊梁山的地方，施耐庵、罗贯中让我们知道了。一个南美的马孔多小镇上七代人的生死沉浮，被马尔克斯虚构出来，便名满世界。生存现实是一回事，精神张力是另一回事。只要我们足够明了世事，练达人性，恰恰是逼窄，让其具有了星辰大海的辽阔。

文学的根本是表达人的喜怒哀乐、悲欢离合，以及人与自然的沧海桑田之变。慷慨悲歌是其基本底色，田园牧歌永远只是人类长河的间歇式“垫场诗”。如何既书写出人的日常琐细，并在琐细中构筑起大江东去的演进脉络，从而在一切乱云飞渡、明岩暗礁处竖起精神灯塔，照耀后来者一往无前，是文学的基本理想与诉求。诸多少数民族的文学气质，让我们领略到史诗般的狂想与风暴。这可能也与环境有关，当我置身于呼伦贝尔一望无际的大草原，行走在阴山脚下的黄河“几”字弯旁，以及丈量着天山山脉南北的辽阔疆域，还有云贵高原的崇山峻岭时，我总觉得，那里边有最神秘的故事和最伟大的文学。自有中国“表达”，更有世界“同构”。最根本的是需要我们用独特的生活经验和审美能力把我们的故事由小讲大，由地域困境讲向辽阔海天。

2024年10月访谈摘要

几点建议

一个时期以来，文艺创作取得了令人瞩目的成就，但创作是一个久久为功、绵绵用力的持续工程，为了文艺事业的持续发展，更上层楼，提出如下改进文艺创作生产服务、引导、组织工作机制建议：

一、让“深入生活、扎根人民”走真、走深、走细、走实。“深入生活、扎根人民”对文艺家而言是一个本质要求，没有生活，哪来的创作素材。事实反复证明，只有那些既能从宏阔的视域中把握时代精神总体性意义，又能充分、深入、细致地描绘生活细部的书写和艺术塑造，才能获得人民的共情、共鸣，进而点燃阅读与欣赏兴趣，让人民看见自己并得到审美愉悦。因此，深入生活不能流于形式，落入俗套，要用切实可行的机制，让真正想深入了解时代生活、愿意进入到某一个领域去深耕的作家、艺术家（不在多，而在精、在能出好活），实实在在扎下去，并给以保障，切实将“深入生活、扎根人民”落到实处，为文艺精品的创作奠定扎实的生活基础。

二、在优秀作品评价体系上，要注重价值导向，考量审美标准，还要检验受众的美誉度。一些作品打着“价值导向正确”的幌子，不在文学艺术的精耕细作上下功夫，故事平淡无奇，人物干瘪苍白，矛盾简单粗疏，看不到奋斗的挫折、成长的艰辛，没有对生命与精神的深度困境的把握与书写，无法承担一个民族面对大变局的精神肌理建构的时代责任。有的是政府出题、政府买单，最后组织人被动接受。长此以往，不仅难以发挥优秀文艺作品的文化创造功能和价值导向作用，还会影响大众审美眼光与艺术鉴赏能力，也会让一些人在创作上寻找投机取巧之路，远离“十年磨一剑”的耕作之苦。很多优秀作品反倒被过度包装，不能很好地释放艺术能量。因此，文艺作品评价体系需要更加综合全面，以有效助推优秀作品的生产、传播和艺术创造。

三、对传统文化和民间文化的传承保护成效显著，创造性转化和创新性发展方面，还需要拿出切实可行的举措，让这些意蕴丰富的民族瑰宝在中华民族精神塑造上发挥作用，而不是“两张皮”地单摆浮搁。俄罗斯在十八世纪末和十九世纪初，曾经有过一个漫长的欧化过程，其中法国文化影响尤甚，读法国书、唱法国歌、奏法国乐、穿法国衣、吃法国餐、说法国话成为一时之盛。以普希金、托尔斯泰，以及音乐家柴可夫斯基和画家列宾为代表的文学艺术家觉得这样不行，偌大一个国家，不能没有自己的灵魂，不能没有俄罗斯性。他们由此开始创造能够彰显俄罗斯本民族文化精神，足以体现本民族审美意趣的文学艺术的旅程，并且最后形成了世界文学艺术史上难以逾越的高

峰。中华民族已有诸多文学艺术高峰耸峙，今天再次面临新高峰的接续攀登，因此还应该持续在传统与民间发掘资源，以有效促进民族性与民族精神的当代重铸，应该在放眼世界的格局中，积极鼓励对本民族传统与民间文化的转换、提升、改造、利用，不仅为中华民族现代文明的建构贡献文学艺术的磅礴力量，也为人类命运共同体的建构贡献不可或缺的中国经验和中国智慧。

2024年10月9日委员发言提纲

一、《庄子》

无论如何，读《庄子》都是愉快的，不管翻开哪一篇，都会给你无限惊喜。庄子不像老子那么冷静，那么简约，那么不屑于给谁诠释解读，一切点到为止，你自己悟去、想去；他会把所有事情，都用故事寓言、人情物理，给你详说一番。在地下说，怕你不清楚，又鲲鹏展翅九万里，飞到高空说。总之，不停地变换视角，变换观测点、经纬度。整部书比喻形象，故事生动，人间天上，纵横捭阖。自由、平等、博爱、齐物、生态平衡、宇宙观这些所谓的新观念，他也早玩过了，并且玩得素朴自然，信手拈来。不读，确有枉活一世之感。

二、《孟子》

第一次读《孟子》吓我一跳：孟子怎么这么

能说？像读莎士比亚戏剧里某些人物的大段台词。孟子不像孔子，孔子说得很少，很简明扼要，甚至有点木讷，但点穴精准，直击要害；孟子开口便滔滔不绝、口若悬河，对他的观点也是用明喻、暗喻、借喻、反喻、白描、排偶、双关、设问、重叠、顶针等方式进行修辞，以高调渲染自己的政治思想和哲学主张。我想，古希腊爱在广场上谈话、演讲的苏格拉底大概就是这个样子。不过孟子的演讲场所在诸侯的厅堂、学坊、馆舍而已。孟子没有孔子在传递薪火时那么狼狈如“丧家犬”，肯定也比苏格拉底穿得体面，讲起来也就气贯长虹、自信满满，甚至有点不顾他人感受地、拿气势压倒一切地“满堂灌”的感觉。我十分喜欢阅读《孟子》。孟子的许多“台词”要变成戏剧，是不用改编一字就能获得满堂彩的。

三、《史记》

《史记》我读过四遍，是因要写电影剧本《司马迁》。钱穆先生说，谁要能把《史记》背过，就是国学的一流专家。有人还说此方法蠢笨，但我始终相信背诵的重要。“四书”我就用整七年的时间，每天早上一个钟头背完的，总共也就五万多字，也是信了钱穆书里的话。尽管我只背完了《史记》附录的《报任安书》，相当于如今后记之类的作者写作提要吧。写剧本时，很长时间我都躺在床上，闭着眼睛，一边背《报任安书》，一边恢复司马迁的生命历程，很受用。我们说五千年文明史，前两千多年基本让司马迁梳理遍了。你要知史，无法绕过《史记》。且不说故事的精美，场面的鲜活生动，人物塑造的血肉丰满、呼之欲出，点评的快刀斩乱麻与经久耐受、耐磨、耐品；单就中国戏曲画廊中由《史记》改编而成的戏曲，就有数以百计、千计的储量，更遑论其他小说、笔记，以及今人海量论文旁征博引、抄来抄去。司马迁是可以享一座太庙的，《史记》的确是一座堂奥千窗、佛龛万洞的大庙堂。

四、《西游记》

《红楼梦》推荐者多，学问大，气象沉厚。一提《西游记》，人们的印象就有点嘻嘻哈哈。无论唐僧、孙悟空、猪八戒、沙和尚，还是那些妖怪，都有些喜剧色彩。儿童尤其喜欢，年龄大的不一定会去好好读。我偏是在今年重读四大名著时，让《西游记》吸引得放不下，尽管哪一块情节都熟悉。儿时翻烂了连环画，少年时通读了简版，开始文学创作活动时读了原著，后来又反复看了电视连续剧《西游记》，到文艺团体后不停地接触根据《西游记》改编的各种舞台剧。总之，这是一部读得有点熟透的名著。可今年看，还是喜不自禁，抓耳挠腮，觉得大美无比，妙不可言。从中读出了浪漫主义、现实主义、魔幻现实主义，甚至还读出了后现代。总之，这可能是一部越上年纪，越能读出宇宙观、世界观以及人事、人情、人性、人世、人格、人道的书。少年读了觉得开阔、浪漫、自由、率性；中老年读时，可能就读出了天地方圆、绳墨规矩、博弈尺度、生命价值、人际关系、正道沧桑这些东西。

五、《罪与罚》

陀思妥耶夫斯基不是人人都喜欢，开始我也不喜欢，后来发现很多搞创作的人喜欢。近读《巴黎评论》里对许多世界级作家的采访，发现他们都会提到他的名字。我读他分两个时期：一是文学青年时期，

二是文学中年时期。两个时期读陀思妥耶夫斯基感受也绝对不一样。文学青年时期是硬读，拼命去找他的好。但找来找去，还是没有找到比读托尔斯泰《复活》、司汤达《红与黑》、果戈理《死魂灵》更多的好来。进入中年，我甚至用了小半年时间专门读陀思妥耶夫斯基的《罪与罚》《卡拉马佐夫兄弟》《白痴》《双重人格》，每本小说读的时候，还列出人物关系图表来，就读进去了。他不具有可模仿性，一模仿就假，就让故事沉滞得没法看。何况模仿出来的那些所谓深度心理分析，也很难具有普遍意义的特质性。但他就分析得那么不急不躁，冷静如冰，且拼命要把人的恶和善、阴暗与光亮开掘到极致，让同一个人的硬币正反两面，都深刻地凸现出来。他把生命之罪感踩进尘埃，也将生命之光亮送进天堂。在我的阅读史里，这样深刻得让人无暇顾及阅读感受的书写者还没有第二个。我们的阅读越来越没有耐性。如果有时间、有耐性，还是读陀思妥耶夫斯基对灵魂有益。

六、《宠儿》

本来我是想推荐《汤姆叔叔的小屋》的，也是见推荐的人多，就改成《宠儿》了。它们都是写黑人的命运之书，并且广泛超越了文学的作用。《汤姆叔叔的小屋》引发了黑奴解放运动，林肯评价作者斯托夫人（哈丽特·比彻·斯托）是“一本书酿成一场大战的小妇人”。而托妮·莫里森的《宠儿》，是这场黑奴解放战争的续篇。一个叫宠儿的被母亲杀死的灵魂，十八年后以人的面目回到人间，将仇恨、怨怼、报复都一股脑儿倾倒给了亲生母亲，甚至占有了母亲的情人，把一个逐渐有点温暖和起色的家庭，搅扰得百般不安起来。而母亲当初割破喉管结束她的生命，是因为不想让她再经历黑奴人间地狱般的无望生活。可就在母亲结束她生命后不久，黑奴解放成为现实。宠儿归来，所实施的一系列报复，便有了整体性不可和解的历史意义。《汤姆叔叔的小屋》是绝对现实主义的作品，而《宠儿》被誉为后现代主义经典。它们的作者都是女性，并且故事都有生活真实蓝本。读这两部小说，你能感到文学的伟力。无论是现实主义还是现代主义，关键是要有深刻的内容与揭示世界本质的意义。如果仅是形式，怎么玩都是形式主义。还有就是，世界如果没有文学，许多真实故事，也会在地域性传播中归于寂灭。

七、《了不起的盖茨比》

这是一本很薄的书，躺着大概半天就能读完。读完以后，也许你会发现这故事里的人和故事里的事，你好像见过。不过可能房子没有那么豪华，房外也不一定隔着一个美丽的海湾而已，但爱的理想和失败的套路大体一样。这就是经典对生活长久的洞穿能力，且不管你处在哪个世界。

八、《鼠疫》

阿尔贝·加缪的《鼠疫》和《局外人》都特别好读，尽管人们给他贴了很多标签：荒诞哲学、存在主义、人道主义等。但其作品都不晦涩，都不难读。我最怕的是加一堆标签，读起来味同嚼蜡的那些作品。而加缪的小说、戏剧，哪个时期读，都觉得顺畅、有意思。人类经历的灾难很多，但能写出《鼠疫》这样深度思考人类面对灾难的秩序和生命温度的作品的人不多。他让我们与绝望屡屡对峙，而最终又对人世和生命的精神高度充满信心。我读过很厚的《加缪传》，发现这

个人抗击了一生，战斗了一生，病病歪歪了一生，也挫折了一生。他最后死得真是有点荒诞，竟然是搭别人的顺风车出车祸而死，才四十七岁，真是可惜。要是不搭这个顺风车，兴许还能写出更好的作品。这大概才是最荒诞的哲学和存在主义的某些原理。

九、《霍乱时期的爱情》

我买过好几本《霍乱时期的爱情》送朋友看，那是在读过《百年孤独》以后。有人说加西亚·马尔克斯是少有的那几个逃过了“诺奖魔咒”（就是获了诺奖后再没写出过好作品）之人，马尔克斯写出了《霍乱时期的爱情》。这个故事，大概好多民族都有大同小异的模本，就是一桩爱到地老天荒的故事。但马尔克斯可是把这个故事写得挫折繁复、宏阔大气、肌理绵密。两个主人公横跨了半个世纪，经历了诸多战乱与霍乱病灾，用大量时间各自检索了自己的生命流程后，在进入暮年之际，再次相守相望。小说探索了各种爱情的可能性，你怎么爱，马尔克斯都有标本放在那里。最后，他们坐上了一艘悬挂着有霍乱病人旗幡的船只，向远方驶去。其实船上并没有霍乱病人，船长只是为他们的爱情故事所感动，而用霍乱把所有人吓得弃船而逃了而已。但也正因为这个假的霍乱黄旗幡，而使他们再也没有资格靠岸。他们只能如此相依着，在无尽的大海上永远漂泊下去。

十、《博尔赫斯全集》

豪尔赫·路易斯·博尔赫斯是这些年圈内被提得最多的作家，被誉为“作家中的作家”。我2017年到阿根廷，专门去了博尔赫斯最后守望的那座图书馆，当时因老旧，正在维修，但接待方让我们参观了博尔赫斯作为馆长工作和写作的地方。我们在那个狭长的空间盘桓了很久，想象他工作的样子、写作的样子。他被誉为世界上读书最多的人。他的视力让他面对八十万册的藏书有点无能为力，不过每天会有秘书为他阅读。他的全集中的每本都很薄，我想这就是作家中的作家的简约。他在故事中提取故事，在形象中提炼形象，并且打破了很多虚构与非虚构的界限。他的作品视域辽阔，读来有“压缩饼干”式的知识获取感，还不硬塞给你。我特别喜欢他笔下的流氓恶棍形象，那真是“人味儿”十足。他们看上去“高大上”得不得了，但恶透纸背。坏人，的确是坏出了样儿。但最恶的恶棍，有时也会有亲吻婴孩的善良瞬间。

2019年10月20日于北京

05 行旅人生

人比自然远为渺小。自然这个庞然大物，最终只允许人类留下他的精神遗产。

雾庐山

要说这里景色确实很美，山下有长江、鄱阳湖缠绕，山上有密林、巉岩、清泉、飞瀑掩映，真是看山有山，看水有水，加之历史名人点山成佛、点石成金的本领，把个庐山已经人文得无处不是名胜景观了。

我上山时，是农历端阳前后，山下已呈暖热气候，山上却冷风灌袖，池鱼尚不出游，唯行人东张西望，大呼小叫，那种叹为观止的惊诧声，不时吓得树上的群鸟扑棱棱，冲天乱飞。

除了山水林泉、花鸟虫鱼，庐山最值得看的，恐怕就是那时隐时现、时浓时淡的蔽山云雾了。几乎眨眼间，它就会把天地遮蔽得混沌一片，又几乎是眨眼间，它又会漂泊得无影无踪，让千山万树毫发毕现。这种莫测的变幻，有时真让人产生一种神性的质疑。可更让人感到神秘莫测的，还不是这些来去无踪的天然云雾，而是云

雾中的林隐别墅和别墅中曾经居住过的神秘人物。

在庐山，你永远看不到一座完整的房屋，能看见的仅仅是那些房屋神秘的一角。可当你漫步在林间小道上时，一座又一座欧式建筑，便会在冷不防中悄然显形。这些房屋都很精致，大多上下两层，占地二三百平方米，与自然林石互生互掩，和谐得几乎让人难以分清是人工所为还是天工造化。当讲解员把这些别墅和一些历史人物与历史事件相连接时，吓得人常常要倒吸一口冷气。

我在彭德怀居住过的别墅前坐了许久，并在一个小书摊上买了一本历史见证人李锐写的《庐山会议实录》，读着读着，一切便都比迷雾更加迷茫得双眼模糊，两腿拖拉不动了。也许是雾的原因，那么多大人物，在这里突然连是非都辨别不清楚了，即使能辨别清的，恶者火上加油、落井下石，善者也装聋作哑、哼哼哈哈，以致让百战百胜的元帅在“天生一个仙人洞”这样的游览胜景中马失前蹄，趺趺撞撞下山后，从此人生辉煌不再。望着这神秘的浓雾和隐蔽的房子，我在想，如果当初那个著名会议不在这里召开，而是在一个阳光充足、视野开阔的草坪上，与会者的心理是不是会比在这儿光堂豁亮一些，而不至于导致紧接着发生的重大历史悲剧与灾难呢？一切都过去了，然而，这组神秘的房子，仍然保持着比过去更神秘的卧姿，永远蛰伏在密林深处，将它们掩盖下发生的全部秘密，守口如瓶地封存在历史可能永远也打不开的“黑匣子”里。

庐山又名匡山，据传是殷周时期，有匡姓兄弟结庐隐居于此而得名。几千年来，先由文人学士题诗作画，以广告天下，然后，达官贵人才闻风而至，附庸风雅。渐渐地，文人反倒缺了在名山落脚的银两，达官显贵却高楼矮檐地盖满了凉亭别墅。本来这是一个休闲的地方，一旦达官显贵卷入，也便破坏了山川本来的宁静。据说当初蒋公偕夫人来美庐避暑，特务和军警每每将方圆几十公里的山体，密闭得铁幕一般，不时密林中还传来几声枪响，这哪里还有休闲的空气与意趣呢？如今庐山虽然与政治少了缘分，但经济显贵们却又趋之若鹜，到处是安营扎寨的钢筋混凝土，有些房屋“誓与天宫试比高”，弄得山川风物失去了比例的谐调，很是让人“触景生怒”。好在我们没有那么多银两，去购买寸土百金的地皮造别墅，看一下就走，以后眼不见为净，也便懒得生那些就是生了也没用的闲气。

庐山的景色确实宜人，庐山的空气确实清新。我第一次认识庐山，是从一部名叫《庐山恋》的电影上，那些奇、险、诡、秀的风景，那场美轮美奂的爱情，确实让人心向往之。当我真的走上庐山，面对那些比电影上更真切的景物时，却深感心灵上的压抑与憋闷。这儿林太密了，雾太大了，峰太险了，沟太深了，对于一个不知深浅的人，确实不是一个好玩的地方，真的，一点儿都不好玩。

2001年3月4日于西安

上海没有围墙

也许是在围墙里住惯了，到上海第一感觉是这儿很敞阳。尽管人流如潮，车流如注，但该疏朗的地方还确实疏朗开了。最明显的是陆家嘴开发区，每一幢高楼，都能让人既看到头上的帽子又看到脚上的皮鞋，不像北方一些建筑都圈起来了，也许是下半身不好看，你看到的永远都只能是膝关节甚至更上一部分的残缺，而这种把下半截围起来的意识，似乎不仅仅是一种自然的安全保护，好像更多的是心理上的防范措施。

旧上海就散落在一个滩上，尽管内地极其封闭，但这儿却是洋人可以来去自由的地方。虽然他们有些猖狂，客居在主人的地盘上有时还欺侮主人，但这个窗口，毕竟让中国人洞见了自己的不足和一些挨打的原因。今天的上海已真正跻身国际大都会的行列，我想除了临海的地理优势外，恐怕与这种没有自然围墙的敞阳，和由此带来的眼界与心理上的辽阔不无关系。

上海人本来是嗲声细气的，生活中也爱斤斤计较，但干出的事却确实让人瞠目结舌。一个电视塔一修就戳到云里，夺了东方之冠；一个金茂大厦一盖就是八十八层，直领亚洲风标。连文艺也是石破天惊的创新，搞一部越剧《红楼梦》，一掷三百万金，并且转瞬即全部收回投资；一台《蝴蝶是自由的》，端直脱光了衣服，把人体美与性，和盘托上了艺术圣殿，且多方看好并认同，这确实是内地文艺家想都不敢想的事，但上海人说弄就弄了，这不能不说是一种骨子里的开明、放胆与大气。

在上海小住三日，由于离开大西北时正逢沙尘暴天气，因此飞机一降落，倍感空气潮润清新。极目远眺，大楼摩肩接踵，并且千姿百态，极少抄袭之作，确实令人目不暇接，心旷神怡。但上海也有令人不满足的地方，特别是作为游客，在这里除了能感受到现代化建设气息和发展速度外，几乎看不到它虽然短暂但却丰富异常的发展史，让人有一种无根之萍、无源之水感，如果是一艘大船，好像一旦启航，便会消失得无影无踪一样。这里曾经住过鲁迅吗？这里曾经是饱受列强蹂躏的苦难“洋场”吗？虽然在某些角落还有遗迹，但在大的建构特别是文化建构中，确实少了对这些历史与文化的醒目记忆。因此，今天去感受上海，很可能产生“上海宝贝”已成为上海流行文化的解读，但愿这是一种误读。上海没有围墙，这是上海发展的优势，但上海应该有根，应该有像鲁迅那样深深扎在民族灵魂上的文化之根。仅仅看到世界一流的经济发展速度，确实让我们不满足，不满足呀！

2001年3月17日于西安

我爱呼伦贝尔

我不得不如此深情地歌咏赞叹呼伦贝尔草原，是因为她深深打动了我。青壮年时期，我特别喜欢写游记，后来渐渐淡化了这种习惯。有很多很好的地方，看了也很感怀、感念，可就是再也没有拿起笔来记述。大概与创作戏剧与长篇小说有关，总是不愿零敲碎打地把一些集聚起来的气息，让跑冒滴漏了。其实游记是一种很好的文体，我们今天那些“甲天下”的山水，大多是古人的游记与诗词歌赋创造出来的，没有那些文字，诸多景观都是不大有什么内涵与外延而值得我们挤出一身臭汗，去游览观瞻的。

很小的时候，我就听说过呼伦贝尔这个地方，几十年也从来没间断过对这块土地的叠加印象。那么多歌曲、绘画、摄影、文学作品，都在传递着她的辽阔、碧绿以及草长莺飞、牛羊成群的气象。当我一脚踏上这块土地时，突然觉得一切艺术再现，都没有完全传递出自己眼球晶体所摄入的这种不可言喻的浩大、蓬勃、壮美意象。我的精神生命，迅速被这亦真亦幻的苍茫世界所击倒。她的开阔、丰盈、生机、张力都是不可概括描述的。我突然感到视角的单调与疲软无力。在写《星空与半棵树》时，我研究过猫头鹰，也研究过各种雄鹰，它们都是飞翔艺术家，而堪称大师的只有雄鹰。它们之所以能把飞翔行为发展到顶级艺术的阶段，除了地域提供的浩瀚空间外，根本还是得力于优越的视力。可极目远视，雄图千里，也可对身下的细枝末节，洞幽发微，并精准地予以打击。那种立体的对整个草原的辨析与认知，才是我此刻最向往的生命视角。

我也去过一些草原，包括阿根廷的潘帕斯草原，但没有产生这种从气象到色彩再到湖水波光、植被蓝天已浑然一体的仿佛是自带着交响乐的立体震撼。说大地是一块完美的翠绿地毯，天空是一块与地毯无缝衔接的蓝宝石盖顶，都不足以形容天地合成的有机性与完整性。置身其间，我每每有一种幻觉，觉得天地是可以随意翻转倾覆的，即使倒扣过来，那翡翠地毯也是可以成为靓丽深空的。

绿色，是大自然中最清新、静谧、舒适、养眼的颜色，什么豆绿、葱绿、茶绿、墨绿、苹果绿、孔雀绿、橄榄绿、祖母绿等，据说有四十多种色系，如果是画家的调色盘，当有更无穷尽的变数。七月的呼伦贝尔，一眼望去，我起先只看到一种最纯粹的碧绿。可在不同的光照反应下，又分明呈现出那么丰富的色谱，甚至在湿地、湖畔、土丘、河岸上的草色，都有着全然不同的浓淡深浅变化。即使叫森林绿、苔藓绿、松石绿甚至荧光绿，都能找到切切实实的对应物。光合作用的伟力，在呼伦贝尔大草原上，得到了最完美的呈现。生机盎然，已不足以形容她的灿烂，她不因人来而摇曳多姿，也不因人去而慵懒倦怠。

她仪态万方、喜笑盈盈地盛开了一个生命的磅礴季节。这时不由人不想看看太阳，是它在一亿五千万公里外，操纵着她的丰盈与动人，而在太阳的视野中，兴许这块草原都是可以忽略不计的，但在我们眼中，已然浩瀚得双腿敬畏于自然的神性，只想跪扑在她美丽的怀抱了。

真羡慕牛羊在柔软草地上的自由徜徉，当地人称溜达牛、溜达羊，这真是一个极其美妙的称谓。不过美妙背后，却潜藏着人类对它们鲜嫩肉质的觊觎。溜达对于人生，也是最舒适的样貌。不愉悦、不闲适是不配叫溜达的，顶多叫散心或乱蹿，松弛的肉质也是不必担忧被谁惦记的。我总担心如此无边无际的草地，牛羊会不会溜达丢。当地人似乎没有这种担忧，说一家牛羊有一家牛羊的溜达范围。当然这个范围，就绝不是我们住惯了挤卡的城市，对范围这个词的适恰理解了。我们的范围概念，在这里有时是需要放大一百倍、一千倍，甚至一万倍的。看似很近的地方，驱车跑很久才能抵达。而先前瞭望到的遥远草色，似乎还在更加浩茫的地方。牛群和羊群的随意撒落，好像是处于无人经管的状态，但突然你会看见一辆摩托车蹿出，绕着那泼洒得过远的“珍珠颗粒”，一阵弧旋，就见乱滚的“珍珠”有归拢的趋势，我们就意会了自由与范围的概念。

到草原了不能不说马，它们也的确无处不在，但已很少见到奔腾之姿。马也近乎在溜达，在闲庭信步，在明媚的阳光下慵懒静卧。就在它们的脚下，数千年来最具敲击地心的震撼声音，便是它们的铁蹄。这种声音的交汇处，每每都会留下传之久远的故事，这些故事的核心是战争、是争雄，也是融合与统一。在那如风般轻盈的草地下，每一个文化层都沉积着波澜壮阔的历史景观，是人的野蛮争斗、文明进化，更是马的一路狂奔、慷慨悲歌。人类生存与文明攀升有四种特别重要的外力因素：火、盐、文字、马力。而马力，至今仍是人类雄心万丈的助推，不过此马非彼马，但力量仍是以马力来计算的。人类现在已发明出近十一万匹马力的发动机，要把这十一万匹活蹦乱跳的马，生拉硬拽在一起来奋力，需要多么浩大的场面哪，我想也只能放在呼伦贝尔草原了。

马是为人类出过太大力气的。古代统治疆域，如果超过八天八夜的马力信息传导，一般会失去统御效能。马力便是国家的统治力。“一战”时期，有一百多万匹马参战，活着回来的寥寥无几。一部儿童文学作品《战马》由此诞生，并点燃了斯皮尔伯格导演的电影《战马》以及诸多话剧、人偶剧等。我曾经坐在剧场里为马儿番落泪，那种拟人化的表达，令人深深敬畏着战马的忠诚、勇毅、坚韧与信念。马是人类最可靠的朋友，它神情高贵肃穆，举止优雅沉着，我们与它可以建立起真正的友谊，达成无契约的生死共赴。尤其置身呼伦贝尔大草原上，面对博物馆里的马骨化石，以及无处不有的马头琴声，我突然感知到一种历史的巨大回响与深沉的纪念仪式。尽管今日的草原之马，运输力已变为一种补充、填补，甚至只能做“马文化节”的“万马奔腾”表演，但马头琴声所传递出来的生命意识、历史况味、旨远忧伤，仍然让我对这种动物肃然起敬。草原不能没有马，没有马的草原不是草原。我们不能因为马力的失去而鄙薄它的存在，一如老人失去了膂力不能成为不被敬重的理由。人类走到今天，马是最根本的推动力之一，它还活着，就是一种图腾。在呼伦贝尔，我看到不少用真马头骨制作的马头琴，我觉得它有一种神性，一听到它的演奏，我就止不住要泪流满面。那是一种饱经沧桑的历史行吟，在我心中，马是最伟大的吟游诗人。

面对丰隆而盛大的草原，最惊愕的就是生命力的雄奇磅礴，这时我们不能不对处下处弱的明河暗溪、湖泊水泽，表现出极大的关切与注目。生命的存活要素第一是水。人类对外星生命的寻找，首先也是判断有无水源，无水、无液体必然无生命。而滋养万物的水，被老子做了最本质与哲学的概括，它善行德被一切，却处下守弱，“利万物而不争”。在堪称伟大的呼伦贝尔草原上，“居善地、事善能、动善时”的水，现实版地将老子的亘古思想注释在了宏阔的大地上。弱水总是行走在草的下方，成就小草茂盛作岸，自己谦卑而垂顺地相伴于下，随物赋形。我走过了根河、海拉尔河、额尔古纳河的部分沿岸，还有随处可见的大小湖泊，只恨不能获得雄鹰的视角，从而收获对老子思想更加丰富的理解。以呼伦湖与贝尔湖相加命名的呼伦贝尔草原，其本身就是一种最伟大的生命哲学妙悟。

来到呼伦贝尔，我感觉是与世界上最美好的事物相遇了。从来不喜欢拍照的我，几天竟然拍下数百张风景照，自以为是可以转行干专业摄影了，却被同行者笑得喷饭。一看别人的，才知景色如许，哪一个都拍得想办个人摄影展。可谁的“精品力作”，也概括与抽象不出草原的丰富肌理与撑破想象力的壮阔画卷。你会觉得你是那么渺小，渺小得无力去表达当自然超越你想象后的那种真实。按说艺术创造正是从这里开始，去完成一个超越现实的表达，从而实现属于艺术的真实，但呼伦贝尔自身就是一种艺术最高境界的存在，美得不可摄下，不可绘下，不可写下，艺术也就似乎有了不可抵达的边界。阳光下，你是这块巨型翡翠中的一个微小颗粒；星空下，你是这片皎洁月光里的一丝暗影。在博大与雄浑、丽质与姣好面前，你感到百般无助与捕获的不逮。你只能努力融入，切实地接近艺术的水草、牛羊、马匹与人，才能感受到你也是艺术化境的一部分，是万物齐一与天人同构的既艺术又现实的风景。那几天我时时在嘴里嗫嚅：老天真是恩赐，还有比这里更美好的存在吗？我没有为任何一片风景如此迷醉过，但在这里，我醉倒了。呼伦贝尔，我真的很爱你！

2023年10月21日于北京奥林春天

我在稻城①看太阳

有人说一生至少应该去一次稻城亚丁，我去了。这个地方最早是由一个叫约瑟夫·洛克的美籍奥地利人，于1928年，带着三十六匹骆驼和二十一个随从，以美国《国家地理》杂志探险家和撰稿人的身份，踏入的一片人迹罕至的秘境。他以图片和文字的形式，将这里的绝美风景与人情，介绍给了世界。随之，一个叫詹姆斯·希尔顿的英国作家，根据这些深深震撼了他的人文地理图片，创作了一部叫《消失的地平线》的长篇小说。那时二战已拉开帷幕，这场最终卷进了八十四个国家和地区以及地球80%以上人口的战争，让小说获得了空前声誉。人们都希望找到自己的“香格里拉”，也就是逃避战乱的“世外桃源”。我的稻城亚丁之行，就与这本小说相伴。

① 位于四川省甘孜藏族自治州稻城县香格里拉亚丁村镇内。

我以为它是一部被当今喧嚣世界严重遮蔽的人类经典之作，所探讨的也远远不是世外桃源问题，尤其在现代社会，这个故事的特殊建构，对人类生存法则与繁复的精神向度，都具有超凡脱俗的深远洞见。

到这里来，一切都是新鲜而奇妙的。飞机一降落，你就拥抱了一个世界第一。稻城机场是世界上海拔最高的民用机场，海拔4411米。走出机舱，接我的同志一再说走慢点，再慢点。开始我也有点踩在棉花苞上的感觉，但很快就脚踏实地了。好在我有多次踏入高原的经历，适应起来很快，既没吃药，也没吸氧。从机场一路向下，进入了一眼可望到边的小县城，也在海拔3750米的地方建着，但却具有不少特色打卡点位，想找个合适的地方照张相，你得排队。然后，我就被再次带入一个奇迹般的世界——人类十三万年到二十三万年前在此开展生活的“皮洛遗址”——一个叫皮洛的村子。人类学家和考古学家，在这里已发掘出数十万年前人们使用过的石器、石斧和薄刃斧七千余件。抚摸着这些远古大地上由人的智慧打磨出的“利器”，似乎在复活着一组组缓慢演进的人与自然抗争的群像，这些薄口、尖锐的石斧还有敲击石器，甚至能看到他们生命肌腱的韧性与力道。专家讲，皮洛遗址的发现，否定了“东方早期人类文化落后于西方”的观点。这是世界顶尖级人类学家的判断。而令我更震撼的是人类征服高海拔极端环境的能力。天地如此之大，我们的祖先怎么会攀爬到这么高的地方来讨生活？难道也是在寻访他们那个时代的“香格里拉”吗？

只有到了亚丁，我才构建起了属于一个作家对二十万年前稻城人类活动的想象，兴许是对太阳的依恋与崇拜，而让他们奔向离太阳更近的地方。在这里见到的太阳和沐浴到的阳光，明显具有了更加炽烈

与芒刺般的耀眼与温度。我抵达亚丁最高山脉的雪际线时才刚入秋，北国的树木还在顽强地喷吐着最后一点墨绿，而雪山之下的万千草木，已自我蝶变为金色、红色、紫色、赭石色……并自由发挥着想象力，毅然决然地终止了人类想用画笔去囊括大自然的野心。这些色泽不仅泼向天空，也倾覆进河湖，让满满当当盛着绿宝石般的海子与河流，分不清是现实还是魔幻现实地色彩炸裂而惊艳。由此我想，我们的祖先是奔着太阳也是奔着美而来的。正像今天的攀爬者，尽管大多都行进得十分艰难，但仍要斜挎着一个硕大的氧气袋，纷至沓来。他们像是要到海拔6000米的仙乃日、央迈勇、夏诺多吉三座神山上去美美睡一觉的样子，要不然，所有氧气袋怎么都要做成枕头的模样呢。

光明是地球活着的本质，而一切光明来自太阳。美是光明的产物，所有对太阳的崇拜，都来自对光明的渴望。我臆断二十万年前的古人，大致是因太阳而来，而今天的天文学家，也在稻城建起了世界上最独特的“圆环阵太阳射电成像望远镜”。这组“观天神器”由313台直径六米、状如锅盖的“天线”，均匀分布在直径一公里的圆环上。远看像313片毛茸茸的羽毛在翩翩起舞。我们站在“羽毛”中心的百米引颈欲飞的“头颅”上向下俯视，又有一种孩童摆列“石阵”的游戏感觉。可正是这种现代天文学家的游戏，让太阳尽收眼底。它可以对太阳爆发的所有活动进行连续性成像观测，让人类对神秘的太阳有一种从“神”到“器”的把握。古希腊有个哲学家叫阿那克萨戈拉，他妄称太阳不是神，不过是一团火球，大小跟希腊的伯罗奔尼撒半岛差不多，而这个岛的面积，恰恰是稻城县的三倍。这个把太阳当物不当神看的哲学家，因此遭到了“大不敬”的流放处置。阿那克萨戈拉是想把

“神”变成“器”，可太阳实际是地球的一百三十万倍，应该说比我们认知的任何“神”都更神奇无限，只有这个现代“圆环阵望远镜”才能让太阳回到“器识”的形态。我们在稻城看太阳，一下便有了神性、自然与科学的三个维度。

而稻城还有更“疯狂”的存在：在4410米的地方，还建成了一个世界海拔最高的“拉索”宇宙线观测站，有一百九十个足球场那么大。数千个不同类型的探测器紧密而有序地排列在这里。科学家不断地在向我们科普：宇宙线是来自外太空的高能粒子流，穿越大气层后，会对地球的辐射环境产生重要影响，也就是说他们要研究的不仅是遥远深空的秘密，也有人类现实存在的诸多灾难问题。仅从美学角度看，“拉索”数千个神秘的“土堆”与“宝盒”，与稻城山间、路口、湖畔、河岸堆起来的那些“石阵”，神秘呼应着。无处不在的石头“朵帮”，也叫“神堆”，是藏民“禳灾镇邪”之砌垒。而探索宇宙起源的“拉索千般神器”，正以“海拔最高”“规模最大”“灵敏度最强”的诸多世界之最，宣示着中国在这个领域的国际前沿地位，并向世界全面开放共享。许多知名科学家会如织的游客一样，也背着“枕头”行走在阳光下。他们要解决的是宇宙从哪里来，将演化到哪里去的问题。他们让本来就十分神秘的稻城，披上了更加神秘浪漫的色彩。

从二十三万年前的皮洛遗址，到遥测太阳的“圆环阵”，再到“拉索诸神器”，我们似乎游历了人类和宇宙延绵不绝的历史，这里不仅有珍珠一样散落在平地与悬崖上的藏寨村落，更有无与伦比的自然山水。这是最美的“香格里拉”，这是有着诸多世界第一的中国稻城。难以想象在那个叫金珠的小镇上，我们喝着南美咖啡，看着奥地利人一百年

前拍的稻城照片，聊着英国人写的稻城小说，再在太阳的照射中，听天文学家讲述自人类仰望星空以来，直到今天才逐渐确切的一些天文数据。在这里，新近观测到一颗二十万年前爆炸的巨星，以光速终于把爆炸瞬间的光谱传递到地球上来了。相信二十万年前的同一时刻，稻城也有人曾向深空投去恐惧而敬畏的一瞥。我平生第一次于太阳的直射中，同时披上了漫天飞舞的雪花盛装。我一边看太阳，一边品尝着飘落在嘴边的雪片，遐思像阳光芒刺一样射向远方，一切认知都在升维，这个奇幻、美妙而又现实的稻城！

2024年11月18日于北京

世界的稻城亚丁

在一个月内，连续写两篇有关稻城亚丁的文章，对于我自己，都是少见的积极热情。上一篇叫《我在稻城看太阳》，应约写完，又应《民族文学》之约，再写稻城。也是感觉还有话说，便答应下来。我是觉得稻城这个地方的确太神奇太美妙了，无论拉开哪一块面，都能写成一篇独立的文章。何况她有那么丰富的历史、人文、科学、自然与现实生活景观。

说稻城，就绕不开九十多年前那两个撩开稻城面纱的外国人。一个叫詹姆斯·希尔顿的英国作家，凭借奥地利探险家约瑟夫·洛克在稻城亚丁拍摄的一组无与伦比的精美图片，而虚构了一部风靡世界的长篇小说《消失的地平线》，由此产生了一个遍布全球的新词："香格里拉"，即"人间乐园"。在"一战"和"二战"背景下，这部小说迅速蹿红是有道理的。直到今天，人类依

然对“伊甸园”和“世外桃源”葆有好奇与向往之心。何况这部小说探讨的不仅仅是迷踪秘境与逃避俗世的简单问题，小说家所注目的，是人类生命内里与自然互动之间不可规避的一些大问题。

用精美图片和经典小说的形式，把稻城亚丁告诉世界，已经快一百年了。尽管她的自然风光仍美好如初，并且吸引来了成千上万的摄影家、美术家、音乐家和作家，用无尽的影像、画幅、声音、文字，描述了无数个如诗如画的稻城亚丁，但与一百年前的稻城亚丁相比，还是发生了整体性的时代位移。她不再是“世外桃源”，这里已经在仙境般的自然风光中，展开了与“香格里拉”以外的世界完全相同的人间生活。

首先是人海如汪洋。尽管海拔在三千米以上，是许多人都会产生高原反应的地方，但并没有阻止住人类对美与好奇的探寻脚步，哪里风景奇险诡谲、氤氲旖旎，那里便人头攒动、摩肩接踵。明显每个人走动起来都是比平常要艰难许多的，有些要吸氧，有些还是靠勾肩搭背来加强身体支撑力的。但这一切，并没有影响人流的持续向上倒灌、漫洇，因为美好总是在更加高难的地方，一山未了一山迎地炸裂般闪现着。

人类自1839年诞生第一台木箱照相机至今，还不到两百年。而约瑟夫·洛克是1928年带着已进化了快一百年的照相机，进到稻城亚丁给美国《国家地理》杂志拍摄照片的。那时这里的人还十分不适应这种“嘭”地闪一下大白光的摄影技术，很多人以为是会把灵魂勾走的。而今天，遍地都是“照相”和被照者，灵魂被无数次摄取与提调。每个人的手机都闲不下，刚对准一处美景，却又见另一幅更好的图画在前边更加绚烂地绽放开来。每个人都在扮演又一百年的约瑟夫·洛克，而每个人又都希望自己成为再一百年后的那个画中人。

景色是人流的最大导游，在稻城亚丁境内可谓无处不景。山川、河流、草木、村寨、石堆、寺院，会在太阳这个总魔术师的神奇百变中，幻化出完全不同的人间奇景。刚感叹着浓雾中的半截雪山太有味道，倏忽间，大雾散去，连绵起伏的整体雪山，又金灿灿地闪耀着从未见过的刺目光芒，让你在同一卡位，能拍出数张完全不同的图片来。何况山间的小气候，还在不停地制造着或晴或阴或雨或雪的转瞬即逝的丰沛气象，依你的审美、癖好、趣味，便可以尽情进行你的构图，然后入画，或帮别人入画，最终完成各自会带向不同国度的炫耀与记忆。我突然想，这些四散开去的属于二十一世纪的图片，不定会在二十二世纪，再次被人惊艳捧读并津津乐道起来。

让我感到最有趣的是那些马、骡子和驴，也自由穿行在人流中，它们倒是没有“立此存照”的历史意识，却被人类反复纳入画中，成为他们或高贵或“热爱动物”的陪衬。相信它们早已适应这里的一切，不仅驮人，也驮人类的垃圾，还有人类需要的各种杂货，包括氧气瓶、氧气袋、雨伞、羽绒衣等物，顺着公路从容淡定地向上向下。最令人感动的是，它们虽然穿行在人群中，却绝对自觉地给人让着道。它们似乎懂得这些被风景陶醉着的人，也是被高原缺氧所耗尽体力的“纸片”，可是撞不得、挨不得、挤不得，也“扶不得”，听说人类有许多跌倒者是不敢搀扶的。因此，它们总是能找到属于它们能钻过去的蜿蜒曲径，哪怕自我别成弓形，也要让人走好、走稳、走展拓了。尤其是下山时，都得一路小跑，它们卸了货，也在步态轻盈地踢踏踢踏地向下颠动。人下山时会“出溜”出惯性来，它们也一样，惯性甚至让四蹄总是腾空着。很多时候，人会刹不住车，拥到别人的脊背上去。

没有人愿意在这个地方帮人扛着那没底的惯性，何况一扛就是一处垮下来的“塌方”。好在在这里，也都不敢放纵自己，几乎全是螃蟹一样横起身子，斜着朝下走。而它们，却是轻车熟路地从人群中弯来绕去，也不减速，似乎是有很硬的工作指标等着去完成。大概它们也进入了工业的程序化计件劳动模式吧。很多次，眼看着七扭八裂、东倒西歪的人群，就要被它们冲倒在地了。但每每此时，你都会发现它们那高超的避让人群的智慧和技巧，哪怕惯性把它们带向一旁的陡坡，或坎下的沧浪之水，也绝不会把人整个人仰马翻。它们已完全适应了人对这里“蜂巢”般的扎堆与“野蜂飞舞”般的生命涌动。

我多次走进藏区，也多次进到神秘的喇嘛寺庙参观，但真正进入藏民家中做客，这还是第一次。在亚丁俄初村一个藏民家里，我见到了在其他地方不曾有过的铜器世界，一切都是用黄铜红铜打制而成。铜盆、铜壶、铜碗、铜茶杯、铜酒盅、铜筷子、铜烟袋、铜罐子、铜墙壁、铜楼梯扶手……我是进入一个纯铜的世界了。但这里又布满了现代世界的一切交通与通信工具。电视、手机、汽车、“三蹦子”样样都有。电视里的画面正在播放着俄乌战争与巴以冲突。远处，敞放着的成百头牛羊，正在草滩上接受着阳光与雪花的随意挥洒与抚摸。这家九口人，是在一位年龄很轻的女主人的带领下（父亲已主动“退位”），正在与外面的世界，用微信的方式，沟通着有关冬虫夏草和肉苁蓉的“快递”信息。建在山顶上的稻城飞机场，当天就能辗转把鲜货冰冻着送往北上广深。而在詹姆斯·希尔顿的小说世界里，那时四个误入“香格里拉”的外国人，面临信息全无、道路密闭的困境，差点此生都没能走出这片稀世秘境。

这天晚上，我们住在一个叫金珠的镇子上，酒店名字也熟悉得跟任何城市的叫法一样：豪生大酒店。夜很深了，金珠镇依然与外面的世界同样灯火辉煌着。游人带来的生活风情，与任何城市都没有二致，甚至有一种走在欧洲或拉美某个小镇上的感觉。随便转一圈，也能见到外国人在踉踉跄跄，兴许是醉了，兴许是高原反应。我总觉得那里边仍有一个人，是叫约瑟夫·洛克或詹姆斯·希尔顿的。

下午在一个叫亚丁香巴拉文化博物馆里喝了咖啡，这让这个夜晚怎么都难以安眠。我隐约听见附近歌厅里，有人几乎唱了一夜藏族歌曲，尤其是《青藏高原》的那个“高”字，愣是唱不上去，那帮人似乎不信邪，就把个“高”字整整折腾了一夜。

2024年11月26日于北京

8月22日　星期日

当眼睛被初升的太阳刺开时，我们已被放置在伊奥尼亚海的伊奥尼亚群岛上，这个城市叫莱夫卡扎。一眼望去，像一个集镇。房屋都很低矮，但十分有个性，很少有相同的“克隆”状构建。有房子的地方就有树，有草，有花，连许多墙壁上都吊着奇异的盆景。巷子逼窄，很多地方只能人行，不能走车。早上十点多钟，我们走进城市的主要街区时，几乎还看不到人影，连狗也是懒洋洋地卧在各自的门前或阳台上，对行人只睁开半只眼觑一下，就又幸福地眯上了。像童话世界，一切建筑都酷似孩子们的积木，恬淡而随意，浪漫而艺术。

早十一点钟，应市长邀请，我和另外两位负责人以及我国驻希腊大使馆的文化官员到市政府参加酒会。同时出席酒会的还有英国、爱尔兰、意大利、美国、巴西、日本、印度等十几个国家的演出团负责人和希腊以及欧洲其他国家的一些新闻记者。市政府里除了几个工作人员在忙碌外，就是应邀来的几十位不同肤色、不同语言的客人。直到酒会开始时，我们才发现，一直在忙着布置会场的一个“老勤杂工”，就是莱夫卡扎市的市长。方才他一直在搬桌子、安话筒、试音响，我们还以为是音响师。连他坐的椅子也是自己从办公室搬来的。据使馆官员介绍，这个城市在国内相当于一个省级城市。她说，希腊是一个“小政府”社会，加之现在希腊正处于经济危机时期，国家在削减已承担不起的福利，政府都在大量减员，就是平时，也看不到国内政府的那种“繁荣”景象。相比之下，我们一个镇政府，恐怕工作人员也会超过这儿好几倍。

酒会极其简单，市长致辞，然后是艺术节组委会主任介绍各国代表团，并通报一些艺术节背景材料。再然后是相互碰杯，客人们捏几根薯条、吃几块蛋糕，就算结束了。市长在他办公室专门接待了中国代表团。我们进去时，正看见他把刚才开会的那把椅子亲自搬回来。他之所以要特别与我们坐坐，原因是他来过中国，并与中国某个城市是友好城市。他本人很喜欢中国文化，当我们给他送上民族剪纸和书法作品时，他双手不停地在微胖的肚子上揩拭着，然后才近前接过礼品。过了一会儿，他又提出，能不能把这些礼品拿到晚上艺术节开幕式上赠送，让市民们都能分享到中国文化和礼仪的快乐。

晚上，先是十八个国家的艺术团，各自打着国旗，穿着自己的特色服饰，在莱夫卡扎市区巡游。市民们全部出动，沿着一街两边观望、狂欢，然后进入主会场，第十八届莱夫卡扎国际艺术节就开幕了。据说往届艺术节规模都比这次大，这次缩减的原因主要是经济危机。开幕式很简单，还是市长致辞，组委会主任介绍各国艺术团。我们按照市长的要求，在开幕式上赠送了礼品。市长专门高调介绍了“文明的中国”。演出开始，各国艺术分头亮相。我们的小梅花秦腔团表演的两个节目获得了满堂彩。希腊观众的文明热情，让人对骨子里的社会文明有一种渴慕感。

晚会开始后，我才发现这么大的艺术节，其实组织者就三个人，国际艺术节组委会主任这样的角色，放在我们这里，那是怎样了得的身份，可在这里，他的位置就在侧幕旁，拿着一个演出单子，指挥音响师、灯光师配合演出，并催场、捡场，活活一个大剧务。三个人撑持一个有数百位艺术家参加的国际艺术节，这在国内是难以想象的事，我们少说也得上一百人，还都会喊叫人手不够用，可他们就这样干了，也确实漏洞百出，接待粗疏，但他们已经干了十八届，“国际友人”还趋之若鹜。再一个精彩的细节是，当市长上台致辞时，给他在一排中间留的位置被人占了。他下台后，在没有任何人跟班的情况下，四处找着自己的位置，见都已坐满，就在一排边上一个工作人员的位置上坐了下来。他看节目很投入，好像一点都没在意十分边缘的位置，像是一个宽厚的长者，憨憨的，木木的，两个肥厚的巴掌比谁都拍得响。

演出结束后，整个城市才全然进入活跃期，一条又一条街道上，布满了白色桌椅，人们都穿着十分随意地喝起啤酒、咖啡来，热气腾腾的生活直进行到凌晨两三点。当人散物移后，第二天清晨起来，满街干净整洁，仍是似乎有很久不曾有人来打扰过的静谧生活。

8月23日　星期一

一早又乘面包车返回雅典。车主是一个中国留学生。一路介绍希腊人文、地理，以及当下世俗生活，算是对希腊有了更进一步的了解。

在希腊大地上，生长最多的植物是橄榄树和开心果，几乎遍地都是。

公路不时从海滩穿过，海滩上摆着许多赤身裸体晒太阳的人。

一切都充满了懒洋洋的诗意。

快中午时分，我们到达雅典。车主也是导游，安排我们吃了一顿中国餐，红烧鱼、东坡肉、煎豆腐、炖蘑菇、紫菜鸡蛋汤，吃得还算惬意。然后，就登上了心仪已久的雅典卫城。

这里阳光灿烂，远看金碧辉煌。一步步踏进卫城，原来那金灿灿的一切，就是矗立数千年不倒的花岗岩柱石。建于公元前四百多年的帕特农神庙[①]，在风雨剥蚀中，依然保持着如磐的姿势。

许多柱石已经悄然倒下，有的已断成数截。诸多雕塑也已残破不堪，但昔日的精致和大气，仍历历在目，令人流连忘返。

物体倒塌成什么样子，就保护成什么样子，不人为修复，不刻意重建，让人深刻地感知到历史的沧桑和岁月的无情，这是物质文化遗产最好的保护方式。我们不乏很好的历史遗存，但在保护口号掩盖下的拼命造假，已使本来极其厚重的历史遗迹显得恶俗不堪。旅游文化产业“大发展”“大繁荣”“大跃进”的虚浮肿胀，更是让没有的编了

① 占地面积2116m^2，是卫城最重要的立体建筑。

出来，无价值的一夜之间突然价值连城，连西门庆的出生地也被争得脸红脖子粗地难分轩轾。对于一个文明古国来讲，这样的无知无畏，真是到了寡廉鲜耻的地步。其实真正值得保护的，又因缺钱，而日晒夜漏，无人问津着。

最负盛名的古希腊剧场，还保持着环形的舞台，前排石椅虽有许多已断裂了靠背，但仍能让人感到几千年前，人们在观看悲剧时的优雅坐姿。

雅典生活中一个特别重要的场所，其实不是这些建筑物，而是一个叫普尼克斯的山坡。它比卫城低，但又远远高于城区地耸立在半坡之上，在整个公元前五世纪，雅典公民们就挤在这里，风雨无阻地倾听那些“高人”的演讲和辩论，辩道德问题，法律问题，论人群的管理方式，也提出动议，追究高官要员行使职务的责任，并举手表决，行使公民的参议权利。这里也是苏格拉底等哲学家的大讲堂，他们在这里为西方人点亮心灵火炬，也在这里被自身点亮的精神火炬所焚烧。今天，放眼望去，只剩下散懒涌流的俗众，再也建不起同等高度的精神灯塔，无休止絮叨咀嚼的只是先哲的余唾和牙慧中的残渣。

这里最为不朽的就是阳光。灼人的艳阳永远都在自然升起，投射在不朽的人文柱石上，让人看到的是人类通过自然才留下了这些传之千秋的雕琢物象和精神光斑。人比自然远为渺小。自然这个庞然大物，最终只允许人类留下他的精神遗产，物质即使再华贵，再坚硬，迟早也会被它捣毁得荡然无存。真正意义上的雅典卫城，迟早也是会灰飞烟灭、不留痕迹的。只有雅典的自由意志和精神会像太阳一样永放光芒。

8月24日　星期二

一早起来，被那个中国留学生拉到码头，登上一艘游轮，去爱琴海的三个岛屿参观。

有“爱琴海诗人”之称的诺贝尔文学奖获得者奥季修斯·埃利蒂斯说：“作为一个诗人，我的想象力是从爱琴海的礁石和小帆船以及岛上的白灰屋和风车的世界里培育起来的。整个爱琴海在我的意识中已烙下了不可忘怀的印象。”这是驰骋文学的沧海，更是希腊远古神话的摇篮。因岛屿众多，爱琴海又叫“多岛海”。它是黑海沿岸国家通往地中海以及大西洋、印度洋的必经水域，因而在历史上，也是战争频发之地。

当我们进入一望无际的爱琴海时，阳光已像黄金一样，镶满了海面。一群群海鸥，紧随着游客抛向空中的食物而上下奋飞，争相觅食。大概是他们太熟悉游客的习性，而不时献媚似的编队表演，以争取更大的利益回报。

当太阳毒如火烤时，船上的铁甲板也已晒得滚烫如烙。我们都龟缩在船舱内，而更多的西方游客，却纷纷登上铁甲板，男的穿着三角裤，女的穿着三点式，有的甚至只穿着丁字裤，就或躺或趴在甲板上，任凭太阳烧灼，铁板煎熬。身上一层层涂上橄榄油和防晒霜。白色人种都烙烤成了古铜色，油光汪亮，分外健硕。这也是希腊最迷人的景观，到处海滩上、礁石上、甲板上都摆着十分悠闲的享受阳光者。其实生活本该如此，就像那个有名的乞丐与那个富人的对话所说的，追求一切物质条件，最终无非还是为了到沙滩上享受阳光，乞丐现在就在沙滩上享受着，又何必再去打鱼敛富后才来享受呢。物质的过分追逐、攫取，永远是人类幸福生活的最沉重负担。那个乞丐可能才是人类最富有智慧的哲学家。

我们登上的第一个岛屿叫伊兹拉岛，这里没有任何电动交通工具，毛驴和马是主要交通运输手段。岛上的一切都还维持着三百年前的面貌，据说这是英国戴安娜王妃生前最爱来的地方。环保是这里叫得最响亮的口号。沿途沙滩上仍是摆满了赤身裸体的晒太阳者。由于游客众多，置身岛上，几乎连独自照张相都很困难。风景被人所困扰，一切登岛者，也便成为环境的垃圾。

登上的第二个岛叫波罗斯岛，岛名翻译过来是涉水的意思。面积很小，仅三十五平方公里。登上岛顶，便能看到四周的海域。岛上仅有古老的教堂赫然矗立，其余皆是漫天游人。

第三个岛叫埃伊纳岛，离雅典很近，盛产橄榄、开心果。由于与雅典比邻，战略位置十分重要，而备受“拉锯”战之苦，留下了与雅典同样富有的人文历史故事。中国留学生讲得头头是道，可惜我们毕竟离得太远，而脑子的资讯储存有限，离开岛屿，就随着海风飘散了。

当我们的船只在黄昏中驶向雅典城时，那群追食的海鸥仍在波浪中频频起舞，争食。那份苦累、执着，让人在残阳中直感到生命的悲凉。

晚登上雅典城最高那座山峰，俯瞰雅典夜景，真美。这是一个紧紧围绕雅典卫城环形建起来的城市，雅典卫城在夜间，仍被雅典人投上了太阳一样的光芒，整个城市都在这种光芒的笼罩下熠熠生辉。没有哪一座城市像雅典这样具有向心力，古老的卫城更像一个生命轴心，一层层将散落的珍珠环扣起来。那种严密感，又酷似从这里生长起来的哲学逻辑，看似张力四散，实则构成谨严。无论在这里产生过的城

邦，还是在这里时兴起的民主，都似乎在这个夜景中有深切映像。在这里观景，现实总是被淡忘，有小贩推荐甜玉米，才让人感到双脚是踩在现实的大地上。一个甜玉米两欧元，用人民币一换算是二十多块，不便宜。

快二十三点时，城市突然沸腾喧嚣起来，所有街道都被汽车堵得水泄不通。雅典的夜生活开始了。我们被人潮裹进一个夜市，喝啤酒，吃烧烤，聊拉登，说奥巴马，说金融危机，说希腊高福利已使政府不堪重负……反正也学人家，硬熬过了凌晨三点。

《主角》荣获第十届茅盾文
第三届路遥文学奖
“2018中国
陈彦《主角
嘉宾 穆涛
举办
陈彦

活在秦岭南北

人平时不太注意自己赖以生活的基础，以及形态、式样，一旦注意，就会发现，与我们联系最紧密、最不可或缺的，恰恰是我们最不在意、最容易忽略的东西，比如秦岭。我从小就偎依在它的南麓，长大后，又跑到它的北麓找饭吃，但平日能引起注意的，可能是房子，是饭碗，是荣誉，是钞票，是人际关系，是周边许许多多说不清道不明的小环境，至于提供了氧气、挡住了风沙、调节了温度、供给了无尽生活资用的秦岭，反倒不在心中作数，并且还一点都不后怕。因为忽视了小环境，马上可能就面临着饭碗、荣誉、钞票遭磕碰、错位、缩水的困扰，忘记了秦岭的存在，却不会因此回家有石头挡道，登山有荆杖抽腚，正活着突遭氧气管道拉闸，或限量、涨价，直至停供的危险。这好像正应了老子的一些话，真正大的东西，有用的东西，在我们心中是无形的，似乎也是没有直接利益和利害冲突的，一旦有形，有状，有物，就小了，矮了，贱了。秦岭正是这种大而无形、无象的物质，因此，在我们的世俗生活演进中，它就退至恍惚，无形，甚至让我们已经感到“不知有之”了。

其实，秦岭一直就横亘在那里，以它为界，在南为南方，在北为北方。我家住在秦岭以南百余里的镇安县，因此，给朋友们介绍时总要说，我是南方人，不过还要补充一句：陕西南方人。据说我们那个地方的所谓土著，祖上来自两个方面：一是湖广，多为大江发水，逆河逃难而来；另一方面来自秦岭以北，史载秦朝时，咸阳大兴土木，奴隶们被成群结队地驱赶上秦岭伐木，实在不堪重负的，就从这边跑到那边躲起来，另谋生路了。直到一二百年前，那儿还称“终南奥区”，也就是不为世人所了解的神秘地方。其实那里的文明遗迹，最早也能发掘到大秦帝国时期，只是一道天然屏障的阻隔，而使关中对它知之甚少而已。

现在，高速路一通，我从西安出发，仅一小时零五分，就能抵达县城。有几次，我先用电话告诉母亲，说要吃焖土鸡，结果，车开到家门口时，母亲刚从菜市场拎着惊悚的鸡回来。据说在二十世纪五十年代初，镇安的县长到省城开会，骑一匹马，警卫员挎一杆枪，两人来回是要走半个月的。我在二十世纪九十年代初，从秦岭南麓调到北麓，几乎每月都要往返一次，那时车少，天不亮，就得到车站挤长途公交车，常常是头进去了，屁股还得外边人用头或膝盖往进顶，勉强楔进去，又常没座位，能看师傅的脸色，蹭在引擎盖上，诚惶诚恐地端半个屁股，就算是十分幸运的了。摇摇晃晃十几个小时，天黑时，两腿跟硬棍一样，扑通一声，戳在西安的大地上，还暗自窃喜："今天真顺!"因为一遇雨雪天气，不定就撂在半山上，几天都下不来了。这一切，都因为"云横秦岭家何在"。如今，它十分慷慨地让人们从腹腔打出一个大洞来，南北由此切近，秦岭对于我去路与归途的遥远、高耸、阻隔感，以及"难于上青天"的无奈诗意，都荡然无存。它已实实在在成为我在老家镇安和西安之间，一道薄薄的凿开了门户的"隔壁墙"。

让我们难以想象的是，延绵数千里的秦岭皱褶中，分布着数十个县。这些文明的集散地，不知潜藏了多少故事人物，仅一个镇安，就牵出了贾岛、白居易等数十位历代知名诗人。在这儿一个叫云盖寺的地方，贾岛隐居三年，竟然留下了这样的千古名句："一山未了一山迎，百里都无半里平，宜是老禅遥指处，只堪图画不堪行。"这是对秦岭山脉最为形象生动的描述。离云盖寺不远，还有一个叫白侍郎洞的岩穴，是因白居易与贾岛等诗人来此唱和而得名。那实在是一个太不起眼的地方，二十世纪七十年代末，这个洞穴还因一对年轻人殉情而名动一时，后经公安部门查清，是一家庭出身地主的十九岁男儿，"勾搭"上了"根正苗红"的大队支书的千金，婚姻自然受阻，双双入洞，用嘴咬响从"修大寨田"工地上偷来的雷管，血肉横飞，遂化蝶而去。如若白侍郎、贾岛和诸位诗人有灵，不知又会写出怎样再传千秋的名句。

想那时的文人，是如何的一种散淡从容情致，仨俩一伙，骑只瘦驴，进秦岭山脉，一钻就是数月，甚至几年，写些诗句，塞在布口袋里，见朋友念一念，遇见喜爱的，再用毛笔抄一抄，不上杂志，不求出版，更不用传媒、网络忽悠，竟然就千古不朽了。现在信息爆炸，人人都自以为红得发紫了，稍多睡一会儿起来，却发现那紫色就变乌了，甚至黑了，反正几天不自我搔首弄姿、抓耳挠腮一番，就黯淡了，就边缘了，就忧郁了，就愤青了，就活得不自在了，就心里堵得慌。如若能放下，学学贾岛之隐，不说在秦岭山中一闷三年，哪怕是仨月，甚至三天，也许都是一剂清凉剂。可惜哪儿能呢?我们的魂灵已经被尘世的浮华、欲望、信息死死攫住，生命的脐带，已经不能须臾中断与尘世躁动的链接了。

去年“五一”长假，手头接一“硬扎活儿”，实在无法动笔，就下决心准备进秦岭“隐居”一礼拜，本欲关了手机，谁知去的地方刚好无信号。开始还暗自窃喜，结果待了一下午，就心慌意乱得不行，很是有离群索居、与世隔绝，甚至被人遗弃之感，就急忙跑到更高的地方找信号，竟然找到了。就在信号微弱地冲进手机的瞬间，我甚至有一种终于“找到组织”的感动，嘭嘭嘭，几个信息急不可耐地别了进来，第一个是问要不要发票的；第二个是让速把钱打到他账号上的;第三个是问要不要窃听器的；甚至还有一个问要不要枪的。最可怕的是朋友连发的五条短信：一、“速回电，有急事!”二、“??????”三、“怎么回事，还不回电?”四、“真的有急事，速回!”五、“真的不回?再不回，再过一小时就不用回了。”几乎吓出人一身冷汗来。我急忙把电话打过去，朋友似乎很是着急地说：“你赶快往回走，还隐居哩，西安的天都快要塌了。”我问什么事，他就是不说，反正让我赶快回。我开始也只当玩笑，结果越熬越觉得好像真有事，快傍晚时，山上一阵乌鸦叫，很是凄凉，我又突然感到一阵无法排解的孤寂，就把包一拎，

驱车返回夜光如昼、繁华喧嚣的都市了。走进朋友画室才知道，先是约我吃合阳“踅面”，其实就是一种泡饼，后来又“挖坑”“三缺一”，等我不来，又各方敦促，人早弥齐，我只好嘟嘟囔囔坐在一旁，配合人家娱乐了半夜，不过心内倒有一种饱受孤独折磨后的喜悦。由此我想，我们与能够隐居和游走在秦岭深山中的贾岛、白侍郎之间的生命定力和精神距离，已不是一点，而是很长很长，几乎已有千年之久长了。

我们总是时常讪笑昔日在终南山中的那些隐者，有些是真隐，没人用，就为民族文化制造一些“不动产”，再不出来了。有的干脆做了道士、和尚。多数隐者，总是三天两头从里边捎出话来，希望组织部门早点来考察，自己已熟透了，再不来就瓜熟蒂落了，实在等不来，也有主动扑出来，亲自吆喝“卖瓜”，直接请求安排的。总之，秦岭山中曾经隐者如织，佳话遍地，不一而足。古之隐士，虽多有待价而沽者，但隐也是真隐了，可笑的是今人，何谈隐，露都露不及，全裸了还怕引不起注意，还得通过各种手段，制造吸引眼球的轰动效应和怪叫声，无论形态还是精神质地，我们都与内涵十分丰富的历史秦岭，在分庭抗礼、分道扬镳。现在的我们，基本只打秦岭物质的主意，拼命吮吸着它所产生的负离子，挖掘着它体内的重金属，索取着它身上的绿色植被，偷食或把玩着它悉心呵护养育的珍稀动物，而从生命全息形态把握和精神内存的使用上，正日趋短视、渺茫，渐行渐远。

人类对生态环境气候问题的关注，在大自然越来越强烈的警示中，正进入惊慌失措的议事日程。十分有趣的是，哥本哈根世界气候大会正吵得莫衷一是、不亦乐乎时，美国导演卡梅隆的新片《阿凡达》，恰好在全球“震撼上演”。我去看了一场，震撼倒是没咋震撼，还真是有些感觉。故事讲:地球上的人类，终于把有限的资源发掘完了，濒临灭绝，却意外地发现了一个叫潘多拉的星球上，有一种矿物质，可以用来实施拯救，就不顾一切地把现代化战争武器和巨型盗挖工具开拔上去，准备“掘宝”。先是进行思想政治工作，自作聪明的人类，把一个人的大脑与阿凡达人的大脑链接起来，企图通过“卧底”“潜伏”之类的人类惯用伎俩，洗了阿凡达人的“公主”的脑，而引诱其族群就范。谁知派去“灵魂附体”的人，竟然被那里的自然和谐所征服，“堕落”成了叛逆者。人类无奈，即对那里的生灵、植被，进行疯狂屠戮、捣毁。结果，一切都处在原始自然生态的潘多拉星球上的动植物，瞬间通灵，全面发动起来，与人类入侵之敌展开了不惜流尽最后一滴血的“保家卫国战”，最后自然是正义昭彰，邪恶败北。全片收官那句话说得特别好，大意是，让地球上那些不善良的人回到他们地球上去，善良的可以留下与我们一道生活。只见那些贪得无厌的家伙——被潘多拉星球人称作“战俘”的、我们登上外星球进行科考、探险、弄资源的同类，灰头土脑，蔫不唧唧，傻眉耷眼，霜杀了似的钻进飞船，滚回地球去了。

影片最美的是潘多拉星球上的风景，用美轮美奂形容，真是再精准不过。现实中，无论如何也是不可能生成这般完美景观的，唯有人类的想象，才能使这种美臻于极致。据说，这部影片曾在中国的张家界、黄山以及世界许多名胜采过外景，可想而知，是拼贴加工而成。我觉得十分遗憾的是，没有秦岭山脉的华山身影。倒不是希望华山借《阿凡达》扬名，而是这样一部全球都十分看好的电影，没能更加奇妙地展示人类所向往的生存美景，是《阿凡达》不可弥补的缺憾。华山

的鬼斧神工、奇险诡谲，华山的生命力度、精神质地，在我所涉足和阅览过的山川图画中，是最具神秘力量的一个，华山我可以年年攀登，并乐此不疲，而其他山脉，登一次足矣。最妙是，华山总给我力量感，给我以脊梁挺拔感，每登临一次，都能平添一些丈夫气概，虽然至今也还没能成为顶天立地的大丈夫，但有华山在，家人和我，就都感到了自己成才的希望在。人们称华山为父亲山，真是再也贴切不过的山呼。而华山是秦岭的魂，是秦岭的胆。

秦岭，美在巍峨苍劲，美在雄浑质朴，美在生态原初，包罗万象，更美在人文遗存丰厚，内蕴深邃广博。这里曾经漫山书香飘动，这里曾经遍地诗句迸发，这里至今和尚、道士相携游走，这里千古依然孔庙堂堂、香火袅袅。从战乱中，辞了国家图书馆馆长职位，骑一头青牛，带着紫气由东向西而来的老子，是在走进秦岭山脉后，才留下五千言，然后继续沿秦岭北麓向西，去深入基层，考察调研，而不知所终的。我觉得秦岭能有今天的生态环境，当与老子的文化浸润不无关系。老子由于饱经了战国时期各位霸主的各种“有为”，而见百姓生灵涂炭，便给当下社会开出了“无为”的良方。对于企图成就霸业的诸位“圣人”来讲，谁又愿意听这个老家伙的絮絮叨叨，一气之下，他就从河南老家离开，彻底走向民间，去验证自己的“无为而无不为”去了。

老子对社会的胡乱作为，有一个最形象的比喻，说：“天地之间，其犹橐籥乎？”就是我们俗称的“拉风箱”。社会本来好好的，结果一些人总想作为，总想把事捅大、煽圆，就把风箱拉得呼啦啦、扑嗒嗒一片乱响，结果就不稳定了，就动乱了，就民不聊生了。在今天的世界经济争夺战中，大家又何尝不是在抢着拉风箱呢？只听满世界扑扑簌簌拉得山响，今天把石油从陆地、海底、山间抽了出来，明天又把稀有金属从岩石中炸了出来，后天再把东河的水赶到西河，再后天又把北面的山移到南面，总之，风箱拉个不住，在扑嗒嗒、扑嗒嗒声中，天在摇，地在动，钱在旋，人在转。有人说，地震与人类老在地底下抽气、抽油有关，好像是有些缺乏地质构造常识，但又试想，地底下本来憋得实实囊囊的，突然气放了，油喷了，大风都起于青萍之末，蝴蝶的舞动都可能带来千里之外的飓风效应，更何况是大地的头颅、腹腔遭无数次挨刀，曝了光，走了气，放了血？无论是否有科学依据，我都相信这个说法有一定的合理性。如若我们都能学点老子，哪怕把风箱拉得慢一点，缓一点，小一点，也总比全人类都吊在风箱杆子上，把个世界拉得飞沙走石、风雷激荡、昏天黑地还嫌科技运用不足，管理潜能发挥不够，经济增长速度不快吧。秦岭与老子走得近些，早早就吃了偏碗饭，先前风箱不乱拉，日今风箱拉得慢，所以秦岭反倒是有些“无为而无不为”意思。它永远是华夏南北分界线，永远是长江黄河分水岭，它还是中国最大的动植物基因库，更是一个儒释道相互包容，文明史陈陈相因，历史精英层出不穷，文化巨匠纷至沓来的人文胜地。

老子在他的《道德经》中，一直在寻找一种叫“道”的东西，用八十一章，铺排了五千多个字，还是没能说明白，用他自己的话说就是:能说明白的就不是“道”了。老子所说的“道”，是治国，是治军，是治人，是了解天体宇宙，是释疑人生百态万方，当然不好说明白，说透了，能说明白就简单了，也就用不着人们用两千五百多年的时间

长度，来揣摩他的“道可道，非常道”了。我们是小人物，我们的问题，是老子五千言中所捎带着要解决的那些小人物的小问题,所以，这个“道”反倒好找些。我突然觉得，秦岭不就是我的“道”吗?“道生一，一生二，二生三，三生万物”，吃的喝的穿的住的，都由此而生，精神营养又取之不尽，用之不竭。秦岭不张扬，不趋时，不争宠，不浮躁；秦岭能高能低，能伸能屈，能贵能贱，能刚能柔；秦岭耐得寂寞，忍得寒霜，木讷处厚，高瀑善下，它不是我的“道”又是什么呢?

能活在秦岭的南边和北面真好。

2010年1月27日于西安虚一村中

过柞水

因为家在秦岭更深处，因而，一年总要路过几次柞水县。当你走出漫天黄尘的关中大地，入终南山的沣峪沟时，第一感觉便是空气湿润清新了。山绿，水绿，连人也想张开嘴多说几句话。特别是炎炎夏日，当城里的水泥楼、水泥板晒得脚沾不得、手摸不得、屁股挨不得的时候，你再从城里逃出来，一头钻进山里，就像铁匠把一块烧得通红的铁板塞进了水桶，只嗞溜一声，温度就降下来了。

柞水在秦岭的那边，如果没有到过长江的人，翻过秦岭，随便在哪条小溪里掬一捧清泉咽下，就算是饮过长江水了，因为这泉，是长江的毛细血管。再往前穿行一段青的山绿的水，就到了被誉为“西北第一奇洞”的柞水溶洞。已经十几年了，这儿的红男绿女，出洞入洞，逛得很是自在。我却因小小在山里长大，见过许多山的大

窟窿小眼睛，便对这一切没有了兴致。直到近几年在城里混饭吃，看多了假山、假泉和历经人工裁剪的花草树木，才又突然眷恋起了真真切切的自然山水。

在一个闷热难耐的日子，我们一帮由山地突围出来的文化闲人，又喊喊叫叫回去了。之所以要亲近柞水，不仅因这里的人均森林积蓄高于世界平均水平，素有天然森林公园之称，更重要的是，这儿的山水几乎涵盖了山区所有奇异、俊秀、恣肆、诡谲的表征。

我们喝着啤酒，穿行在如此赏心悦目的森林王国中，有人就喊叫憋不住要排泄诗句了。结果，喷一些顺口溜出来，终觉得是缺了概括自然的大气。不像当年遭流放的贾岛，骑一头瘦驴，走了三天两后晌，弄得驴瘸人跛的，勉强爬上一座山梁，却又见一堵奇峰迎面扑来，才颓坐低吟："一山未了一山迎，百里都无半里平，宜是老禅遥指处，只堪图画不堪行!"想如今弟兄们都坐着一日千里的现代化小轿车，仅凭窗户里观得的一点浅红嫩绿，就想吟诵出具有生命震颤感的绝唱，那又怎么可能呢?

外面下起小雨了，车窗玻璃逐渐恍惚，只有如泼的浓绿在满世界淫浸。我们顺着一条哗哗作响的小河，一直由北向南仄斜。当水声由哗啦啦变作轰隆隆时，我摇醒了身旁的沉睡者说，都跌到瓮里了还睡。他揉揉惺忪睡眼不知咋回事。我说这就是著名的风景胜地石瓮子，一个只需架两挺机枪，就能要了瓮中千千万万将士性命的"口袋阵"。他观了观朦胧山势说，这里有佛在呢，佛法无边，谁敢动刀枪？谁动谁就会耳聋眼瞎，瘸脚跛腿。问他此话怎讲？言：感觉。

既然有佛，那就去拜佛爷洞。这是庞大的溶洞群中开发较早的一个。百十余级台阶由公路"之"字向上曲折，当眼前豁然出现一个崖石的半边厅堂时，洞就张开了锦囊绣口。从口入，仅三两步，就有一个能容上千人拜佛的大殿。据说，去年这里还办过舞会，终因面对我佛，凡夫俗女有些畏首畏尾，而使红尘未能在此长久滚滚。其实佛是姿态万千的钟乳。在洞中“三层楼”式的升腾结构中，几乎无处不有佛在。大概是过于庄严、肃穆的缘故，有人喊了声：那佛像一头憨猪。顿时，所有被佛法震慑得双膝发软、腿肚子转筋的人，统统都放开了芒刺一样的思维。很快，一切佛，便都幻化成了似是非是的鸟兽，连万古凝结的“佛堂幔帐”，也成了“无戏幕不拉”的演艺场。三个坐卧念经的“和尚”，更成了现代闲人眼中“三缺一”(麻将场)的寂寞等待。佛似乎并未立即让这群桀骜不驯者口眼歪斜，手脚抽筋，反倒从凡胎无法洞见的地方送来了徐徐清风，看来我佛也并非想象中的那样:见不得人说三道四。

从佛洞出来，入天洞、地洞、风洞，洞洞构造迥异，钟乳仪态万方：或玉宇琼阁，细腰飞天；或阴曹地府，阎罗判官；或曲径回廊，茅棚石庵；或花鸟虫鱼，塔笋柱签。走在阴阳两界，行在人妖之间，追溯着成百万年的溶蚀、刻塑、沉积、淀结，遐想着大千世界的人、情、物、事，便突然觉得洞外关于住房、职称、工资、级别、物价的烦恼，是何等微不足道。据导游小姐讲，石瓮附近，群山皆空，期待开发的神奇洞穴尚有百余。倘若他日有幸尽游，不定真会堕入迷雾，而愿坐石化佛化仙，甚至化鬼化妖化猪，却再懒得朝洞外走人了呢。

出得洞来，细雨初霁。一瓮的苍翠，引来百鸟唱和声声。粼粼碧波，是在瓮底一溜白色鹅卵石上摇头摆尾。大家心绪陡然疏朗辽阔，纷纷指点着瓮中比比皆是的美妙处，天花乱坠地设想着给自己也弄一个“闲人斋”之类的书屋。有的甚至奢望在百年之后，能将尸骨运来

瓮中，占去弹丸之角，好与佳山佳水同在。却听人说，瓮中的每寸土地，都已千筹万划，度假村、避暑山庄即将拔地而起。到那时，鱼贯入瓮者，想必多是挥金如土者流。如我辈清贫之士恐怕只能在这样的大美境界中，嫉妒那逍遥在枝头的鸦雀窝了。

旅游部门听说有舞文弄墨者，便在洞前摆下案几与文房四宝。果然有人握管挥就了上好的诗句，赢得观者阵阵赞叹。当一位大作家写下“今做陕南人，来世洞前柞”时，地方名士抱愧道：只有等千山烟囱如林，机声隆隆，厂房座座，车水马龙时，方不亏了你这棵“洞前柞”。我笑着说：果真那样，他可能就不来了。却是为何？我言：那还是柞水吗？

1995年5月于西安

扫码获取专属数字人